一擲賭 乾坤
일척도 건곤

임영기 新무협 판타지 소설

FANTASTIC ORIENTAL HEROES

일척도건곤 4
임영기 新무협 판타지 소설

초판 1쇄 찍은 날 § 2008년 2월 27일
초판 1쇄 펴낸 날 § 2008년 3월 7일

지은이 § 임영기
펴낸이 § 서경석

편집장 § 문혜영
편집 § 김대식

펴낸곳 § 도서출판 청어람
등록번호 § 제1081-1-89호
등록일자 § 1999. 5. 31
어람번호 § 제2-1434호

주소 § 경기도 부천시 원미구 심곡1동 350-1 남성B/D 3F (우) 420-011
전화 § 032-656-4452 팩스 § 032-656-4453
http://www.chungeoram.com
E-mail § eoram99@chollian.net

ⓒ 임영기, 2007

ISBN 978-89-251-1212-1 04810
ISBN 978-89-251-1065-3 (세트)

※ 파본은 구입하신 서점에서 교환하여 드립니다.
※ 저자와 협의하여 인지를 붙이지 않습니다.
※ 이 책은 도서출판 청어람과 저작자의 계약에 의해 출판된 것이므로, 무단 전재 및 유포 · 공유를 금합니다.

一擲賭乾坤
일척도건곤

임영기 新무협 판타지 소설
FANTASTIC ORIENTAL HEROES

4
제룡신위(帝龍神威)

도서출판
청어람

目次

第三十四章	검풍(劍風)	7
第三十五章	혼절(昏絕)	29
第三十六章	선황과의 암운	49
第三十七章	기억을 되찾더라도…	71
第三十八章	역학(易學)	105
第三十九章	제룡신위(帝龍神威)	129
第四十章	온 자는 선하지 않다[來者不善]	155
第四十一章	괴리(乖離)	183
第四十二章	본능적 예감(豫感)	205
第四十三章	짧은 이별	233
第四十四章	칠룡검의 비밀	259
第四十五章	천하대란(天下大亂)	293

第三十四章
검풍(劍風)

一擲賭者 乾坤

연서, 은소 모녀와 오래지 않아서 다시 만날 것을 기약하고 헤어진 후, 이관교 포구를 출발한 호리궁은 절천강 상류를 순조롭게 거슬러 올라 하루째에 절천현(浙川縣)을 지나고, 이틀 만에 서협구(西峽口) 포구에 도착했다.

포구에는 호리궁에 비해서 절반도 채 되지 않는 크기의 배들이 포도송이처럼 올망졸망 정박해 있었다.

이곳은 절천강의 상류 지역으로 아무리 넓은 강폭이라고 해봤자 십오륙 장을 넘지 않았으므로 큰 배는 필요하지도 않았고 있어봤자 무용지물이었다.

호리궁이 서협구 포구에 정박하자 여러 사람들이 구경하러 몰려나왔다.

그들로서는 호리궁처럼 큰 배를 간만에 구경하는 것이기도 하지만, 호리궁처럼 늘씬하게 잘 빠지고 멋진 배는 흔치 않기 때문이었다.

초겨울의 해가 지려면 아직 반 시진 남짓 더 있어야 하지만 호리 일행은 이른 저녁을 서둘러 지어 먹었다.

호리궁에는 호선 혼자만 남겨두고서 호리와 철웅, 은초는 어깨에 한 자루씩 검을 멘 채 포구 끝에 있는 잡목 숲으로 달려갔다.

시골구석이라고는 하지만 사람의 일이란 모르는 법. 호리궁을 비워둘 수는 없는 노릇이었다.

호리는 비전검법과 청점활비를, 은초는 비전검법과 은초혈선풍 발출하는 수법을, 철웅은 호선에게 새로 전수받은 도법인 비전도법(飛電刀法)을 수련하기 위해서였다.

비전도법이란 호선이 비전검법을 도에 맞게 도법으로 개량한 것이었다.

잡목 숲에 당도한 세 사람은 각자 뿔뿔이 흩어져 자신만의 수련 공간을 확보했다.

딱히 비밀이 있어서가 아니라 각자 수련하는 무공의 종류와 수준이 다르기 때문이었다.

호리는 철웅과 은초 두 사람과 비교조차 할 수 없을 정도로 높은 수준이었다.

철웅과 은초는 대충 비슷한 수준이기는 하지만, 엄밀하게 평한다면 은초가 약간 우위에 있으며 각자 수련하는 무공이 달랐다.

수련벌레라는 점에서는 둘 다 같지만 철웅에 비해서 은초가 좀 더 총명하고, 또 은초에게는 은초혈선풍이라는 비장의 무기가 있기 때문이었다.

호리는 천천히 주변을 둘러보았다. 나무들을 표적으로 삼아 수련을 해야 하는데, 지금 이 주변에는 나무들이 많지 않아서 수련 장소로는 적합하지가 않았다.

그는 다시 걸음을 옮겨 숲 속으로 좀 더 깊숙이 들어가서 이윽고 철웅과 은초가 있는 곳으로부터 백여 장 이상 들어와서야 마음에 드는 장소를 발견했다.

두 다리를 어깨 넓이로 벌리고 우뚝 선 호리 주변에는 수십 그루의 잡목들이 밀생해 있었다.

그는 서두르지 않고 침착하게 공력을 끌어올렸다.

잠시 후 체내는 물론 온몸에 공력이 넘쳐흘러서 금방이라도 폭발할 것처럼 용솟음쳤다.

공력을 다스리면서 체내에 삼주천시키자 들끓던 용솟음이

가라앉았다.

그것은 공력을 끌어올리기 전의 상태로 돌아갔다는 뜻이 아니라, 팽창하는 공력을 진작시킨 것이다.

그것은 활에 화살을 재어 팽팽하게 당긴 상태에서 시위를 놓기 전까지 잠시 동안의 정적 같은 것이다.

열흘 전쯤 호선이 검화와 검린, 검풍, 검기, 검강을 두루 시연해 보인 후 호리는 틈만 나면 시간과 장소에 구애받지 않고 수련을 거듭했었다.

그 결과 나름대로 약간의 성과를 거두었다는 판단을 내리고 지금 작은 결산을 해보려는 것이었다.

호리는 두어 차례 길게 심호흡을 한 후 비전검법 중에 비화검의 구결을 머릿속으로 외우면서 오른팔을 느릿하게 어깨로 가져갔다.

척!

오른손이 칠룡검의 검파를 잡는 순간,

슈파아아—

그를 중심으로 둘레 다섯 방위에서 반짝이는 검화가 피어났다가 스러졌다.

후두두…….

검화의 수는 다섯.

반 장 이내에 잘라진 나무도 다섯 그루.

그는 방금 전의 초식에 오십 년의 공력을 발휘했다.

일순 그의 두 발이 밟고 있던 낙엽 더미로부터 반 자가량 둥실 떠올랐다.

아니, 떠올랐다고 여긴 순간 그의 몸은 미끄러지듯이 전면을 향해 꼿꼿한 자세로 쏘아갔다.

슈슈우웃—

칠룡검이 재차 눈부시게 번뜩이면서 호리 주변에 여덟 개의 검화를 피워냈다.

그리고 그것들은 여덟 그루의 나무를 거의 동시에 베었다.

지금의 검화는 방금 전 것보다 세 개가 더 많았으며 또 훨씬 더 컸다.

팔십 년 공력으로 전개한 비화검이기 때문이었다.

잘라진 여덟 그루의 나무가 몸통에서 분리되기도 전에 호리의 신형이 방금 전처럼 허공으로 살짝 떠올라 이번에는 우측으로 행운유수처럼 미끄러져 갔다.

그가 지금 전개하고 있는 신법은 청점활비를 육지에서 연마하여 이루어낸 결과였다.

청점활비는 강물에서보다 육지에서 연마하는 것이 훨씬 더 수월했다.

강의 수면보다 육지의 땅바닥이 더 단단하기 때문에 두 발바닥에서 뿜어낸 공력이 흩어지거나 강물 속으로 스며들 염려가 없었기 때문이다.

또한 강물에서보다는 육지에서 전개하는 청점활비가 더욱 빠르고 민첩했으며 변화무쌍함을 보여주었다.

강물이나 육지에서 전개하는 그의 청점활비는 아직 초보적인 수준이지만, 만약 무림인들이 지금 이 장면을 보게 된다면 결코 초보 운운하지 못할 것이다.

아니, 오히려 상승의 경공술이니 뭐니 침을 튀기면서 떠들어댈 터이다.

방금 전에 잘라진 여덟 그루 나무가 몸통에서 분리되어 기우뚱 쓰러질 때 칠룡검이 밤하늘에 세 번째 검화를 찬란하게 흩뿌려 냈다.

스파아—

모두 열두 개의 더욱 커진 검화. 뒤이어서 잘라진 나무 역시 열두 그루.

이번에는 이 갑자 백이십 년 공력 전부를 발휘했다.

호선은 그저 검으로 만들어낼 수 있는 다섯 가지 수법을 보여주면서 검화, 검린, 검풍은 비화검으로, 검기와 검강은 전쾌검으로 하라고 일러주었을 뿐 어떻게 전개하는지에 대해서는 일언반구 아무 말도 없었다.

호리가 지금 펼치고 있는 것은 그가 지난 열흘 동안 피나는 수련과 시행착오, 깨달음을 거듭해서 얻어낸 결과였다.

이 갑자 공력 전부를 주입시킨다고 해도 절대로 검화가 검린이 되지는 않는다.

똑같은 비화검으로 펼치지만 마지막 검을 떨쳐 내는 순간의 미세한 동작 하나가 검화와 검린을 구분하는 것이다.

검화는 그저 검에 공력을 주입하여 비화검을 펼치기만 하면 자연적으로 만들어진다.

검린은 비화검을 펼칠 때 매 변화의 마지막 순간에 검첨을 비틀어 허공을 가로나 세로로 두 번 아주 작게 그어준다.

즉, 허공을 가늘게 잘라내어 튕겨내는 것이다.

지금은 비화검 초식을 전개하다가 마지막 순간에 허공을 잘라내야 하지만, 앞으로 더욱 노력한다면 초식의 전개 없이도 허공을 잘라낼 수 있을 것이다.

차차차아아—

호리가 검린을 만들어내려고 허공을 가로세로로 쪼개자 마치 물에 흠뻑 적신 채찍으로 살가죽을 갈기는 듯한 소리가 터져 나왔다.

호선이 전개할 때에는 그저 평범한 파공음이었다.

똑같은 칠룡검으로 전개하는데 왜 파공음이 다른지는 호리로서도 알 수가 없었다.

얕게 흐르는 계류 속에서 헤엄치는 작은 물고기들이 몸을 뒤집을 때마다 햇살을 받아 번뜩이는 것처럼 여덟 개의 반짝이는 검린이 팔방(八方)으로 쏘아갔다.

파아아—

미풍이 송림을 쓰다듬듯이 스치는 파공음.

가로로 뿜어진 검린은 나무를 자르고, 세로 모양의 검린은 나무를 쪼갰다.

모두 여덟 그루.

호리가 이 갑자 공력을 모조리 사용한 결과였다. 아무리 노력을 해봐도 더 이상은 만들 수가 없었다. 거기까지가 그가 펼치는 검린의 한계인 것 같았다.

스스슷—

호리는 다시 청점활비를 전개하여 한줄기 바람처럼 나무들이 많은 장소로 이동했다.

호리 자신이 만족할 만한 수준은 아니지만, 그렇다고 언제까지나 검화와 검린에 매달릴 수는 없었다.

그러다가는 그보다 더 강한 것, 더 매혹적인 것을 연마할 시간이 없어진다.

이제는 검풍 차례다.

이것 역시 호선이 단서만 제공해 준 후에 호리 스스로 깨우친 것이다.

지금 그가 무공을 연마하고 있는 목적은 지극히 단순하고 또 순수하다.

복수나 어떤 치열한 목적이 있어서가 아닌 무공에 대한 갈증, 그리고 탐구 때문이다.

또한 그는 한 가지 한 가지씩 깨우치고 배워 나가는 재미에 푹 심취해 있었다.

어쩌면 그것은 그 어떤 것보다도 가장 강렬한 욕구일는지도 모른다.

호리는 칠룡검을 검집에 꽂은 채 우뚝 서서 두 팔을 아래로 늘어뜨렸다.

온몸에 극도의 긴장과 흥분이 팽팽하게 넘쳤다. 가슴이 설렐 정도로 기분 좋은 흥분감이었다.

검화와 검린을 전개하기 직전에도 흥분을 느꼈지만 검풍만큼은 아니었다.

그러므로 만약 검기를 배워서 전개하게 된다면 지금과는 비교도 할 수 없을 정도로 짜릿할 것이 분명하다.

호리는 전면을 주시하면서 표적으로 삼은 나무의 얼굴 높이에 시선을 고정시켰다.

지금 그가 전개하려는 것은, 검이나 도를 휘둘렀을 때 일어나는 단순한 칼바람이 아니었다.

공력이 높은 고수들이 검법을 전개할 때 검으로 날카로운 바람을 일으켜서 상대를 살상하는 것은 예기(銳氣)이지 검풍이 아니다.

호선이 보여주었고, 지금 호리가 전개하려고 하는 것이 진짜 검풍인 것이다.

오랜 옛적에 무림의 최고수들은 호선이 전개한 검풍 같은 것들을 전개했었다.

그러던 것이 오랜 세월이 흐르면서 그 수법들이 점차 절전(切傳)되었다.

그러더니 작금에 이르러서는 진짜 검풍을 사용하는 정통파 검수들은 거의 찾아볼 수 없게 돼버렸다.

호선을 가르쳤던 사부는 정통 검풍의 맥을 이은 몇 안 되는 인물 중에 한 사람이었다.

호리는 공력을 극한으로 끌어올려 삼주천시킨 후에 오른팔에 모았다.

검린이 검화를 전개하는 수법과 다르듯이, 검풍 역시 검린과는 사뭇 다르다.

검신이나 검첨으로 허공의 보이지 않는 한 부분을 베어내어 정확하게 쏘아내야 하는 것이다.

슈욱!

드디어 칠룡검이 번개처럼 검집을 벗어났다.

비화검의 초식은 허공의 한 부분을 단단하게 만들고, 마지막 순간에 그중 한 조각을 베어내야만 한다.

"……!"

그런데 막 비화검의 초식을 전개하던 호리의 눈이 약간 커지면서 동작이 뚝 정지했다.

무엇인가 그의 머리를 할퀴듯이 뇌전처럼 스쳐 지나는 것이 있었다.

'청점활비 수법이다!'

허공을 단단하게 만드는 것이나 수면을 단단하게 만드는 것이 무엇이 다르겠는가.

또한 발바닥에서 공력을 뿜어내는 것과 검을 통해서 공력을 뿜어내는 것이 과연 뭐가 다르겠는가.

발바닥으로 공력을 뿜어내서 수면의 한 부분을 단단하게 응집시킬 수 있었으니, 검으로도 가능할 것이라는 것에 생각이 미친 것이다.

'해보자!'

호리는 다시 자세를 잡고 우뚝 섰다.

비화검 초식을 펼치는 것이 아니라 청점활비의 구결대로 공력을 체내에서 주천시킨 직후, 발이 아닌 칠룡검을 통해 발출하여 허공의 한 부분을 응집시킨다.

만약 이 방법이 성공한다면 검풍을 만들어내기 위해서 굳이 비화검 초식을 전개할 필요가 없어지고, 그만큼 시간을 절약할 수 있게 된다.

팟!

순식간에 칠룡검이 뽑히는가 싶더니 검신이 푸른색으로 빛나는 순간 허공의 한 부분에 작고 푸른 불꽃이 번쩍하고 빛을 뿜었다.

쐐애액!

검첨이 미미하게 까딱! 하고 튕겨지자 푸른 불꽃이 전면을 향해 번갯불처럼 뿜어졌다.

그런데 아무 일도 일어나지 않았다.

푸른 불꽃은 전면으로 사 장 정도 쏘아가다가 자연적으로 소멸해 버렸다.

호리는 검을 꽂은 후 전면을 살펴보면서 실망한 표정으로 고개를 갸웃거렸다.

'실패인가?'

문득 실소가 흘러나왔다.

'훗! 경공법 구결을 검법에 응용하다니, 내가 생각해도 어이가 없군. 왜 갑자기 그런 생각을 한 것인지……'

그는 다시 비화검 초식으로 검풍을 전개하기 위해서 자세를 잡으며 우뚝 섰다.

드드등!

그때 전면에 일렬로 서 있던 나무 세 그루가 똑같이 사람 목 높이에서 잘라져 나뒹구는 것이 아닌가.

세 그루 중에서 맨 앞의 나무는 호리가 표적으로 삼았던 바로 그 나무였다.

그런데 그 뒤와 뒤의 나무까지 한꺼번에 세 그루가 잘라져 버린 것이다.

"성… 공인가?"

호리는 눈으로 보면서도 선뜻 믿어지지가 않아서 잘라진 나무로 달려가 눈으로 직접 확인해 보았다.

나무의 잘려 나간 단면이 대리석처럼 너무도 매끄러웠다. 하지만 두 번째 나무의 단면은 조금 거칠었고, 세 번째는 삼분의 이쯤 잘라졌으며 단면이 더욱 거칠었는데, 잘려진 무게 때문에 나머지 삼분의 일이 꺾여 나간 것이었다.

어쨌든 청점활비의 구결을 응용해서 검풍을 성공시켰다는 사실이 그제야 조금씩 실감이 났다.

"하하……."

기쁜 마음에 나직한 너털웃음이 흘러나왔다.

"다시 해보자."

하지만 기쁨은 잠시, 그는 다시 자세를 잡았다.

달리는 말에 채찍질을 가하는 것처럼[走馬加鞭], 성공한 기세를 몰아서 완전한 자신의 것으로 만들고 싶은 것이다.

조금 전에는 이 갑자의 공력을 모조리 사용했으므로 이번에는 절반만 주입하고, 가로가 아닌 세로의 검풍을 전개해 보기로 했다.

자세를 잡고 공력을 끌어올린 후 표적으로 삼은 한 그루 나무를 쏘아보았다.

스파앗!

다음 순간 역시 칠룡검 끝에서 푸른 불꽃 하나가 만들어져 나무를 향해 뿜어졌다.

쐐액!

이 갑자 공력을 모두 사용했을 때보다 조금 미약한 파공음이 터졌다.

그리고 호리는 푸른 불꽃이 쏘아가는 속도가 처음보다 약간 느리다는 사실을 깨달았다.

삭! 팍!

이번에는 푸른 불꽃이 세로로 나무를 관통하는 음향이 똑똑히 들렸다.

두 번의 음향이 흘러나온 것은 푸른 불꽃이 첫 번째 나무를 관통한 후 뒤에 있는 두 번째 나무에 적중했다는 뜻일 테고, 뒤의 음향이 좀 더 큰 이유는 그만큼 위력이 떨어졌다는 뜻일 게다.

물론 푸른 불꽃은 두 번째 나무를 완전히 관통하지는 못했을 것이다.

쏘아가는 파공음이 미약해졌고, 속도가 느려졌으며, 나무를 관통할 때의 음향이 들린 것은 공력을 절반만 사용했기 때문이었다.

호리는 표적으로 삼은 나무로 걸어가 자세히 살펴보았다.

첫 번째 나무에는 호리의 목 높이 한복판에 뾰족하면서도 얇디얇은 칼로 찌른 관통의 흔적이 미미하게 새겨져 있었고, 두 번째 나무도 같은 높이에 같은 흔적이 새겨졌지만 예상했던 대로 관통하지는 못했다.

호리는 그 자리에 선 채 한동안 깊은 생각에 잠겼다. 문제점을 발견했기 때문이다.

문제가 있는데도 계속 연마하는 것은 바람직하지 않은 일이고 그의 성격에도 맞지 않았다.

공력을 전부 사용하면 빠르고 위력이 강하지만 표적을 관통하여 불필요한 것까지 상하게 한다.

만약 실전에서 적을 향해 검풍을 전개할 경우, 그 적이 단 한 명뿐이고 그 뒤에 무고한 사람이 서 있다면, 원하는 적 이외의 사람을 죽이거나 다치게 할 것이다.

그런 불상사를 미연에 방지하기 위해서 절반의 공력만으로 검풍을 발출하게 되면 상대가 약할 경우에는 별문제가 없겠지만, 강적이라면 느려진 속도 때문에 되레 호리가 당할 수도 있게 된다.

그것이 그가 발견한 문제점이었다.

호리는 궁리를 거듭했다. 어떻게 하면 검풍의 속도가 빠르고 위력적이면서도 원하는 표적만을 적중시킬 수 있는가 하는 것이었다.

검을 사용하여 직접 찌르기를 하면 원하는 적 한 명만을 죽일 수 있기는 하다.

그렇지만 적이 일 장이나 이 장 혹은 그보다 더 먼 거리에 있다면, 달려가거나 몸을 날려서 찔러야만 할 것이다.

하지만 그것은 너무 늦다. 달려가거나 몸을 날리는 도중에 내가 당할 수도 있다. 그렇기 때문에 검풍이 존재하는 것이 아니겠는가.

이 정도의 문제점 때문에 검풍을 포기할 수는 없다.

헤엄을 쳐서 강을 건너는 것보다 배를 타고 건너는 것이 더 빠르고 용이하다는 사실을 잘 알고 있으면서도, 파도가 거세고 또 암초가 있다는 이유 때문에 배를 포기하지 못하는 것과 같을 것이다.

수련을 시작한 지 두 시진쯤 지나 손시(巽時:밤 9시)가 됐을 즈음 철웅과 은초는 완전히 녹초가 되어 그 자리에 퍼질러 앉았다.

손가락 하나 까딱할 힘조차 남아 있지 않을 정도로 미친 듯이 수련을 했기 때문이었다.

손가락은커녕 헐떡거리면서 숨을 몰아쉬는 것마저도 힘에

겨울 지경이었다.

그렇지만 철웅도 은초도 오늘 밤 수련의 결과에 몹시 만족하고 있었다. 나름대로 기대 이상의 성과를 거두었다는 생각에서였다.

두 사람은 한참이나 그 자리에 앉아 있다가 웬만큼 숨을 고른 후에 일어났다.

철웅이 은초에게 약간 비틀거리면서 걸어왔다.

두 사람은 서로를 보며 씩 미소를 지었다. 오늘 수련에 대한 만족한 미소였다.

초겨울인데도 얇은 옷만 입고 있는 두 사람의 옷은 흠뻑 젖었으며 얼굴에서 땀이 비 오듯이 흘러내렸다.

"호리는?"

철웅이 묻자 은초는 대답 대신 아까 호리가 갔던 방향을 쳐다보았다.

그쪽 방향에서는 아무도 보이지 않았으며 아무런 소리도 들려오지 않았다.

두 사람은 약속이나 한 듯 나란히 그곳을 향해 걸어갔다.

그들은 백여 장쯤 걷다가 눈을 휘둥그렇게 뜨고 놀라면서 그 자리에 멈추었다.

그곳에서부터 전면의 나무들, 족히 삼사백 그루가 사람의 목 높이에서 잘라져 있었다.

잘라지지 않은 나무들도 더러 있었지만 잘려 나간 나무가 훨씬 더 많았다.

나무의 종류나 굵기에 상관없이 수백 그루의 나무가 절단되어 나뒹굴어 있는 광경은 두 사람에게 놀랍고도 괴이쩍은 기분을 느끼게 했다.

두 사람은 놀란 얼굴로 서로의 얼굴을 한 번 마주 본 후에 다시 걸음을 옮겼다.

이윽고 두 사람이 다시 걸음을 멈춘 곳에는 더 이상 잘라진 나무가 없었다.

쐐애액!

우드등!

그 대신 호리가 푸른 불꽃, 즉 검풍을 발출하여 차례차례 나무를 자르고 있었다.

철웅과 은초는 두 눈을 커다랗게 뜨고 입을 쩍 벌린 채 그 자리에 얼어붙어 버리고 말았다.

두 사람은 호리가 검법을 배우기 시작한 이후부터는 같은 장소에서 함께 수련한 적이 없었다.

어느 날 갑자기 호리가 이 갑자 공력을 지니게 되어 무림고수의 반열에 올라섰다는 사실을 알고는 있었지만, 이 정도일 줄은 몰랐었다.

호리가 검을 한 차례 뻗을 때마다 어김없이 푸른 불꽃이 뿜어져서 한두 그루의 나무가 뎅겅뎅겅 잘라져 나갔다.

호리와 나무의 거리는 무려 이 장 혹은 삼 장이나 됐다.

그 먼 거리를 검을 대지도 않은 채 단지 검에서 푸른 불꽃 하나를 뿜어내서 굵은 나무들을 흡사 지푸라기처럼 잘라 버리고 있는 것이었다.

호리는 수련에 얼마나 열중하고 있는지 철웅과 은초가 지켜보고 있다는 사실조차 모르는 듯했다.

두 사람은 그 자리에 석상처럼 뻣뻣하게 굳은 채 서서 호리가 십여 그루의 나무를 자르는 것을 지켜보다가 몸을 돌려 왔던 길을 걸어갔다.

그리고 원래의 장소로 되돌아가서 여태까지보다 더욱 미친 듯이 검법과 도법을 연마하기 시작했다.

第三十五章
혼절(昏絶)

一擲賭 乾坤

이관교를 출발한 지 닷새째, 서협구를 출발한 지 사흘째 밤부터 눈이 내리기 시작하여 다음날 아침이 됐는데도 그치지 않고 내렸다.

첫눈이었다.

이관교에서 서협구까지 백이십여 리를 이틀 만에 당도했었는데, 서협구에서 지금 호리궁이 거슬러 오르고 있는 이곳 이름도 모를 빌어먹을 계곡까지 채 오십여 리도 되지 않는 거리를 오는 데에 사흘씩이나 걸렸다는 사실 때문에 호리는 신경이 극도로 날카로워진 상태였다.

이곳은 급류였다.

그렇다고 특수하게 제작된 호리궁이 거슬러 오르지 못할 정도로 거세지는 않았다.

하지만 네 개의 돛을 최대한 활짝 폈는데도 불구하고 사람이 천천히 걷는 정도의 속도밖에 내지를 못하고 있다는 것이 문제였다.

타기(舵器)를 잡고 있는 철웅은 어떻게든 속도를 내보려고 안간힘을 쓰고 있었지만 역부족이었다.

호리궁을 모는 데에 철웅보다 호리가 조금 더 낫다고 해도 지금 같은 상황에서는 속수무책이었다.

처음 항주를 출발할 때에는 낙양까지 두 달 보름에서 석 달을 잡았었는데, 어느덧 석 달이 넘어가고 있었다.

사매 연지에게 무슨 일이 수십 번도 더 생기고도 넘칠 시일이었다.

호리는 선수에 서서 전면의 부서지는 물살을 보며 착잡한 마음을 한껏 억누르고 있었다.

'바보 같은 놈! 이까짓 배가 뭐라고!'

늙은 뱃사람의 충고대로 번성현에 호리궁을 맡겨두고 낙양까지 육로로 갔으면 지금쯤 절반 이상은 갔을 것이라는 생각이 들자 억지로 호리궁을 끌고 온 것이 후회스러웠다.

아니, 애당초 항주에서 육로를 택했더라면 이미 낙양에 도착하여 사부와 사매를 만나서 지금쯤 경치 좋은 곳에 있는 무도관 자리를 보러 다니고 있을지도 모르는 일이다.

'혹시⋯⋯.'

호리의 얼굴이 어두워졌다.

'사매의 일이 내가 생각하고 있는 것보다 훨씬 더 심각한 상황이라면?'

그러나 그는 곧 고개를 가로저었다.

'아냐. 아닐 것이다. 어쩌면 지금쯤 사부님께서 사매를 데리고 이미 봉래현으로 돌아가셨을지도 모른다.'

그는 될 수 있는 한 불길한 생각은 하지 않으려고 애썼다.

원래 좋게 생각하는 것은 한계가 있지만, 나쁜 쪽으로 상상하는 것은 끝이 없는 법이다.

호리는 낙천가도 아니지만 그렇다고 비관론자도 아니다. 아니, 굳이 따진다면 낙천가 쪽에 더 가까웠다.

그러니 아직 벌어지지도 않은 일을 갖고 전전긍긍하면서 속을 태울 필요는 없는 것이다.

그것은 그렇다 쳐도 이 느려 터진 속도는 가만히 두고 볼 수가 없었다.

그러나 두고 볼 수 없으면 어쩔 텐가? 갑자기 남풍이라도 쌩쌩 불어와 호리궁을 북쪽으로 달리게 해주기 전에는 강 한복판에서 무슨 뾰족한 방법이 있겠는가.

그래도 호리는 어떻게 할 것인지 궁리하는 것을 끝까지 포기하지 않았다.

어떤 극한 상황에 처하더라도 절대 포기하지 않는 근성은 그의 장점 중에 하나였다.

항주에 떠도는 여러 유명한 말 중에 이런 말이 하나 있다.

"호리 눈에 띄지 마라. 그는 단 한 번도 찍어놓은 먹잇감을 놓친 적이 없다."

그 말에는 호리의 집념과 근성이 고스란히 녹아 있다.

그런 그가 이 정도 난관에 주저앉는다는 것은 애당초 말이 되지 않는다.

'그렇지!'

과연 한동안 골똘히 궁리를 거듭하던 호리는 문득 환한 표정을 지었다.

호리궁이 바다에서 암초해역에 갇혀 좌초의 위기에 처했을 때 호선이 밧줄로 묶은 호리궁을 끌고서 빠져나갔던 것을 기억해 낸 것이다.

호리는 난간을 붙잡고 선수 아래와 앞쪽을 살펴보았다.

그 당시에 호선은 물 위로 솟거나 수면 가까이에 떠 있는 암초를 딛고 나아가면서 호리궁을 끌었었다.

그런데 지금 이곳에는 바위도 암초도 없었다. 디딜 것이 전혀 없는 것이다. 그렇다고 헤엄을 치면서 호리궁을 끌 수는 없는 노릇이다.

그런데 크게 실망했을 것 같은 호리의 입가에 빙그레 미소가 떠올랐다.

"좋아. 실전(實戰)을 한번 벌여보는 거다."

그는 즉시 예전에 호선이 호리궁을 끌었을 때 사용했던 긴 밧줄을 찾아내 선수의 돛 아래 부분에 단단히 묶었다.

그런 호리를 보면서 선실의 철웅은 고개를 갸웃거렸다. 호리가 호선처럼 호리궁을 끌어보려고 한다는 것은 알겠는데, 이곳에는 바위나 암초가 없는 것이다.

'대체 어쩌려는 거지?'

"철웅아! 타기 잘 잡아!"

호리는 그 말만을 남긴 채 밧줄을 어깨에 메고는 호리궁 앞쪽으로 몸을 날렸다.

"호리야!"

철웅은 소스라치게 놀라 선실 밖으로 달려나오며 외쳤다.

"타기를 잡아!"

호리는 강물 위를 경중경중 달려가면서 외쳤다.

그제야 철웅은 호리가 물 위를 달릴 수 있다는 사실을 깨닫고 즉시 선실로 되돌아갔다.

물론 철웅은 호리가 무슨 방법으로 물 위를 달릴 수 있는지 알지 못한다.

그저 호리가 수도 없이 물에 빠져가면서 수련을 하더니 어느 날 결국 물 위를 걷게 됐고, 얼마 안 있어서 달리게 됐다는 정도로만 알고 있었다.

텅!

밧줄이 팽팽해지자 호리궁 전체가 한순간 멈칫했다.

좌아아—

그러더니 조금씩 빨라지기 시작했다.

원래는 사람이 천천히 걷는 속도였는데, 빠르게 걷는 속도로 바뀌었다가 잠시 후에는 달리는 속도가 됐다.

중간층에서 수련을 하던 은초와 술을 마시던 호선이 급히 달려 올라왔다. 호리궁에 갑자기 변화가 생긴 것을 느꼈기 때문이었다.

올라온 은초의 손에는 장검이, 호선의 손에는 술병이 쥐어져 있었다.

두 사람은 호리궁 삼사 장 앞쪽 강물 위를 밧줄을 어깨에 멘 채 달리고 있는 호리를 잠시 바라보다가 아무 일 없다는 듯 다시 중간층으로 내려갔다.

"하하하! 이런 방법이 있다는 것을 진작 알았더라면 좋았을 것을!"

호리는 유쾌하게 웃으면서 달렸다.

그의 말처럼 이 방법을 진작 알았더라면 사흘을 허비하지 않았을 것이다.

그렇지만 그것 때문에 땅을 치고 후회하지는 않는다. 지난 일은 지난 일이다.

그는 지난 일을 갖고 속을 끓이는 바보가 아니다. 그의 희망은 미래에 있기 때문이다.

예전에 호리궁이 바다에서 암초해역에 갇혔을 때, 만약 발로 딛을 곳이 없었다면 호선 역시 청점활비의 수법을 사용했을 것이다.

호리궁의 무게는 무려 오백 관(貫:3.75kg)이나 나간다. 호리궁을 감싸고 있는 철갑 때문에 같은 크기의 다른 배보다 절반 이상 더 무거운 편이다.

예전의 호리였다면 호리궁이나 태산이 같은 무게였겠지만, 이 갑자의 공력을 지니고 있는 지금은 다르다.

물론 공력이 있다고 해도 오백 관은 무시 못할 무게라서 호리로서도 오래 끌면 힘이 들 것이다.

호리는 한 시진 동안 호리궁을 끌고는 잠시 휴식을 취하기 위해서 갑판으로 올라왔다.

그렇지만 탈진했기 때문이 아니다. 호리궁을 한 시진 동안

끄느라 공력의 사 할 정도가 소비된 상태였다.

호리궁을 단지 한 번 끌고 그만둘 것 같으면 공력이 고갈되어 탈진할 때까지라도 끌고 갈 수 있다.

그러나 절천강 최상류까지 이런 식으로 이삼십 차례는 끌어야 하는 상황에서 그렇게 무리할 수는 없었다.

공력을 적당히 사용하고 보충한 후에 다시 호리궁을 끌어야 하는 것이다.

호리가 한 시진 동안 호리궁을 끈 거리는 무려 이십여 리에 달했다.

서협구를 출발하여 사흘 동안 겨우 오십여 리를 온 것에 비한다면, 그는 한 시진 만에 하루 걸릴 거리 이상을 끌고 온 것이었다.

별일없이 이 상태로 간다면 최상류까지 닷새 걸릴 것을 빠르면 오늘 안으로, 늦는다고 해도 내일 정오 전까지는 당도할 수 있을 것이라고 호리는 계산했다.

선실 안의 철웅은 호리가 선실 앞쪽 바닥에 앉아서 운공을 하고 있는 모습을 바라보면서 존경스럽고도 안쓰러운 마음이 들었다.

호리는 두 번 내리 운공을 한 후에 다시 밧줄을 어깨에 메고 강으로 뛰어내렸다.

늙은 뱃사람의 말마따나 절천강은 얌전한 여성적인 강이

었다. 상류 지역이라고 해도 그 흔한 여울[灘]이나 폭포 같은 것도 없었다.

고운 새색시가 수줍게 새침을 떠는 것처럼 물살이 조금 셀 뿐이었다.

호리는 무리하지 않으면서 규칙적으로 강물 위를 달렸다. 청점활비가 아직 완숙한 단계가 아니고, 잔잔한 수면이 아니라서 더러 발밑에 단단한 무형의 지지대를 잘못 만들어 자세가 흐트러지거나 무릎까지 물속에 빠지는 경우가 있었지만, 그때마다 적절하게 잘 대처했다.

그사이에 어느덧 은초가 수련을 끝내고 올라와 철웅과 교대를 해주었다.

"호리 저런 것을 보면 쉴 틈이 없는데… 끙!"

은초는 타기를 잡고 호리를 보며 미간을 좁히면서 앓는 소리를 했다.

그저 대수롭지 않은 듯이 툭 던진 말이지만 중간층으로 내려가기 위해서 몸을 굽히던 철웅은 그 말이 진심이라는 것, 그것도 뼈를 깎아내는 듯이 아픈 은초 자신에 대한 채찍질이라는 것을 잘 알고 있었다.

항주에 있던 시절, 호리는 은초의 좋은 경쟁 상대였다.

아니, 그보다는 규범(規範)이라고 하는 표현이 적합했다.

그 당시의 은초는 끊임없이 호리를 배웠다. 호리는 가르치지 않았지만, 은초는 그의 행동방식이나 임기응변, 위기에 처했을 때의 대처 능력 같은 것들을 놓치지 않고 기억해 두었다가 자신의 것으로 만들려고 노력했었다.

그러나 아무리 애를 써도 닮아지지 않는 것이 두 가지 있었는데, 바로 무공과 성격이었다.

그럴 수밖에 없는 것이 호리의 심법인 소정심법은 그가 직접 가르쳐 주지 않는 이상 배울 수가 없었고, 백조비무격은 수없이 따라 해봤지만 너무도 어려워서 흉내를 내는 것조차 쉽지 않았었다.

그리고 성격.

은초가 분석한 바에 의하면, 호리의 성격은 크게 선천적인 것과 후천적인 것으로 구분된다.

선천적인 성격은 강직하고 끊고 맺음이 정확하며, 은원이 분명하고, 순수하며, 또 정이 많았다.

그것은 은초가 아무리 노력을 해도 도저히 비슷해질 수 없는 성격이었다.

한마디로 그는 호리의 천성하고는 정반대였다.

호리의 후천적인 성격은 교활, 냉철, 잔인하고, 절대 뒤탈을 남기지 않으며, 때로는 무자비하다.

그러나 비겁하지는 않다. 교활하고 냉철, 잔인한 사람이 비겁하지 않기란 정말 쉽지 않은 일이다.

아니, 은초는 그런 사람을 호리 외에는 본 적도 들어본 적도 없었다.

호리의 선천적인 성격과 후천적인 성격은 완전히 극과 극을 이루고 있다.

그런데도 그 두 성격이 두 개의 바퀴가 되어 안정적으로 수레를 굴러가게 하는 것을 보면서 은초는 호리를 더욱 불가사의한 존재로 여길 수밖에 없었다.

그랬었는데, 호리가 어느 날 갑자기 이 갑자 공력의 고수가 되어버렸다.

그래서 은초는 더 이상 호리를 닮으려고 노력할 수 없게 돼버렸다.

호리가 월광이라면 은초는 반딧불이고, 호리가 태산이라면 은초는 작은 돌멩이에 불과했다.

그렇다고 나약하게 포기 따위를 할 은초가 아니었다.

은초가 호리에게 배운 여러 가지 중에서는 '포기할 줄 모르는 근성'과 '피나는 노력'이라는 것이 있다.

자신이 자꾸 초라해질수록, 넘어야 할 산이 점점 더 높아질수록 은초는 더욱 악이 받쳐서 발버둥을 쳤다.

척!
철웅이 호선의 방문을 열었을 때 그녀는 창 앞에 비스듬히 눕듯이 기대앉아서 술병을 입에 댄 채 고개를 뒤로 젖히고 있었다.

그녀는 들어서는 철웅을 쳐다보지도 않고 입에서 술병을 떼는데 시선은 창밖 강변의 스쳐 지나가는 풍경에 고정된 상태였다.

그렇지만 풍경을 보고 있지는 않았다. 무엇인가를 보고 있으면서도 아무런 느낌도 없다면 아무것도 보고 있지 않은 것이나 같다.

그녀는 지금 눈을 뜬 채 눈을 감고 있는 것이었다.

그녀가 보고 있는 것은 아무리 애를 써도 떠오르지 않는 안개 같은 기억의 한 부분일 터이다.

묵묵히 호선을 쳐다보는 철웅의 커다란 목젖이 여러 차례 오르내렸다.

호선이 철웅과 은초에게 먼저 손을 내밀어 친구가 되자고 말했었지만, 철웅에게는 호선이 아직도 껄끄러운, 아니, 범접하기 어려운 존재였다.

"호선."

이윽고 철웅이 용기를 내어 조심스레 호선을 불렀다.

그렇지만 호선은 듣지 못한 듯 다시 술병을 입에 대며 고개를 젖혔다.

술병을 입에서 떼는 호선의 초승달 같은 아미가 약간 찌푸려졌으며, 입술을 미미하게 달싹이면서 뭐라고 중얼거렸지만 입속으로 웅얼거리는 소리라서 철웅은 무슨 말인지 알아들을 수가 없었다.

무딘 성격의 철웅이지만 지금 호선이 괴로워하고 있다는 것을 느낄 수 있었다.

그래서 그는 호선이 잃어버린 기억을 되살리느라 애쓰고 있을 것이라고 짐작했다.

그러나 그의 짐작은 절반만 맞았다.

호선이 괴로워하고 있는 이유는 기억이 떠오르지 않아서가 아니라 어설프게 알아버린 자신의 신분 때문이었다.

선황과 천현 진인은 호선의 신분이 봉황궁의 궁주인 봉황옥선후라고 말했었다.

그것 외에도 천현 진인은 호선과 관계되는 몇 가지 단편적인 사실들을 말해주었다.

호선은 천현 진인의 말이 사실이라고 믿었다. 그렇지만 그렇게 인지하고 믿는 것은 머리뿐이었다.

여전히 그녀의 가슴은 그런 사실들을 몹시 낯설게 여기면서 인정하려 들지 않고 있었다. 현실과 감정 사이의 괴리(乖離)인 것이다.

그래서 그녀는 이관교를 출발한 이후 줄곧 술을 마셨다. 물론 언제나 즐겨 마시는 싸고 독한 황주다.

그녀에게 있어서 술은, 아니, 황주는 호리 다음으로 절친한 벗이었다.

며칠 동안 술을 마시면서 그녀는 심란했던 마음과 정신을 어느 정도 가라앉혔으며 다시 한 번 굳게 결심했다.

무슨 일이 있어도, 설사 기억을 되찾는 한이 있어도 절대 호리 곁을 떠나지 않겠노라고.

"호선."

그때 철웅이 두 번째로 불렀고, 이번에는 그녀에게 제대로 전달되었다.

"철웅아, 언제 왔어?"

호선이 방금 전까지의 찌푸렸던 얼굴을 지우고 반가운 얼굴로 묻는데도 철웅은 그녀가 어렵기는 마찬가지였다.

"응. 지금 막……."

"왜? 나랑 술 한잔할래?"

호선이 친근하게 술병을 내밀자 철웅은 손을 저으며 심각한 표정을 지었다.

"저……."

철웅이 지금 같은 표정을 짓는 것을 한 번도 본 적이 없었던 호선은 더럭 불길한 예감이 들어 급히 침상에서 내려서면서 물었다.

"호리에게 무슨 일이 생긴 거야?"

"아니, 그게 아니고……."

철웅이 두 손을 젓자 호선은 손으로 가슴을 지그시 누르며 안도의 한숨을 토했다.

"다행이야. 그런데 나한테 할 말이 있는 거야?"

철웅은 침을 꿀꺽 삼키고 나서 배에 불끈 힘을 주었다.

"호선이 호리를 도와주면 안 될까?"

"무엇을?"

"호리가 지금 호리궁을 끌고 있잖아."

"그런데?"

"계속 저러다가는 탈이 날 것 같아서……. 호선이 호리와 교대로 번갈아가면서 끌면 호리가 한결 수월할 텐데……."

"내가?"

"응."

호선은 아름다운 눈을 깜빡거렸다.

철웅은 조마조마한 표정으로 그녀의 반응을 기다렸다.

"나는 왜 그걸 몰랐을까?"

잠시 후 호선이 고개를 갸웃거리면서 뜬금없는 말을 하자 철웅은 머뭇거리듯이 되물었다.

"뭘……?"

"내가 도와주면 호리가 편해진다는 사실을 철웅이 말해주기 전에는 모르고 있었거든."

"……."

철웅은 할 말을 잃었다. 그런 것은 어린아이도 알고 있는 사실이다.

그런데 무척이나 똑똑하다고 여기고 있는 호선이 모른다니 쉽사리 이해가 되지 않았다.

그러나 그것은 기억을 잃기 전의 호선이 갖고 있었던 여러 가지 오랜 습관 중에 한 부분일 뿐이지, 그녀가 무식하거나 바보라서가 아니었다.

천하무림을 좌지우지할 수 있는 명문무가에서 태어난 그녀는 걸음마를 떼어놓기 전부터 가문과 문파를 이끌어갈 막중한 지도자로서의 교육과 절학만을 집중적으로 전수받았을 뿐이었다.

그녀는 세상에 태어난 대다수의 사람들이 할 줄 모르는 굉장한 능력을 가르침받아 물려받았다.

그렇지만 대다수의 사람들이 할 줄 아는 일상생활에서의 평범한 예절이나 규범에 대해서는 거의 알지 못한다.

선택된 후계자는 그런 것을 몰라도 되기 때문이다. 그래서 배운 적이 없다.

그녀는 아주 중요한 순간에 나서서 무림 전체를 좌우할 말이나 행동만을 하면 되었다.

그 외에는 손가락 하나 까딱하지 않아도 수하나 하녀, 하인들이 알아서 해주었다.

남이 힘들어도 도울 줄 모르고, 남에 대한 배려를 할 줄 모르는 것은 그녀의 잘못이 아니었다.

그녀는 참새나 꿩이 아닌, 봉황인 것이다.

"알았어! 내가 호리를 도울 테니 올라가자!"

호선의 목소리가 명랑해졌다. 어떻게든 자신이 호리를 도울 수 있다는 것은 그녀의 기쁨이기도 했다.

철웅은 반색을 하며 몸을 돌려 얼른 방문을 열었다.

"저, 정말 고마워!"

그는 자신의 부탁에 호선이 이렇게 적극적인 반응을 보일 줄을 몰랐기에 감격하여 가늘게 몸까지 떨었다.

하지만 그의 감격은 오래가지 못했다.

쿵!

바닥을 울리는 묵직한 소리에 철웅이 급히 돌아보니 호선이 뺨을 바닥에 묻은 채 쓰러져 있었다.

그녀는 눈을 꼭 감고 있었으며 안색이 백지장처럼 창백했다.

第三十六章
선황파의 암운

一擲賭者 乾坤

"마랑군이 본 파에 와 있다고?"
"온 지 이미 이틀이 지났습니다."
 오랜 출타 후에 선황파에 돌아온 삼현선로의 첫째 천현 진인에게 느닷없는 소식이 전해졌다.
 무림오황의 하나인 마황부의 부주 마랑군이 선황파에 온 지 이틀이나 됐다는 것이다.
 "도대체 그가… 뭘 하느라고 본 파에서 이틀씩이나 머물고 있는 겐가?"
 삼현선로의 둘째 지현 진인은 씁쓸한 표정을 지었다.

"그는 술을 마셨습니다."

천현 진인의 얼굴에 이해하기 어렵다는 표정이 떠올랐다.

"그가 이틀 동안 문주와 술을 마시기 위해서 마황부에서 오천여 리나 먼 본 파까지 왔다는 말인가?"

지현 진인은 씁쓸한 표정으로 대답을 못하고, 그 옆에 나란히 앉아 있던 셋째 인현 진인이 몹시 심각한 얼굴로 조심스럽게 대답했다.

"대사형, 마랑군은 지난 이틀 동안 혼자 우진궁에서 술을 마셨습니다."

천현 진인은 어이가 없어서 잠시 동안 침묵했다.

"문주는 출타 중인가?"

"아닙니다."

"그럼 폐관이라도 한 것인가?"

"그것도 아닙니다."

수양이 깊기로 천하가 인정하는 천현 진인이지만 지금은 얼굴에 불편한 심기가 조금 드러났다.

"사형."

지현 진인이 무거운 어조로 말문을 열었다. 육십 세가 넘은 인현 진인이 팔십 세 아버지뻘인 천현 진인과 말장난을 하려는 것이 아니었다.

지현, 인현 진인 둘 다 지난 이틀 동안 선황파에서 벌어지고 있는 일 때문에 어이가 없어서 무슨 말을 어떻게 꺼내야 할지 말머리를 달지 못하고 있는 것이었다.

"문주는 지난 이틀 동안 태화각(太和閣)에서 평상시처럼 집무를 보았습니다."

"평상시처럼이라니? 설마 마랑군이 방문했다는 것을 보고하지 않았다는 말인가?"

"그럴 리가 있겠습니까?"

"그럼, 문주가 보고를 받고도 일부러 마랑군을 혼자 내버려 뒀다는 겐가?"

"그렇습니다."

"뭐시라?"

천현 진인은 어이가 없었다. 문주가, 아니, 자신의 제자가 왜 그랬을 것인지 잠깐 동안 생각해 봤지만 도무지 그럴 만한 이유가 생각나지 않았다.

그가 알고 있는 제자 태성(太星)은 그처럼 터무니없는 행동을 하지 않는다.

태성이란 백검룡의 도명(道名)이다.

천현 진인은 무당파 전문 앞에 버려져 있던 강보에 싸인 돌도 지나지 않은 아기를 손수 거두어 키웠다.

그 아이를 일곱 살 때 자신의 정식 제자로 입적시켜 가르치기 시작했으며, 지금으로부터 사 년 전 선황파 문주의 자리에

앉힐 때까지 장장 이십오 년 동안 자상함보다는 엄격함으로 교육을 시킨 것이 바로 태성 백검룡이었다.

천현 진인은 찾아온 손님을, 더구나 오황 중 한 명의 지존(至尊)을 그따위로 무례하게 대접하라고 제자를 가르친 적이 없었다.

천현 진인은 누구보다도 제자를 잘 알고 있다. 이 일에는 반드시 무슨 착오나 곡절이 있을 터이다.

"내가 문주를 직접 만나봐야겠네."

천현 진인은 자리를 박차고 일어섰다.

지현, 인현 진인이 뒤를 따라 전각 밖으로 나섰다.

"사형, 마랑군은 지금 문주가 폐관 중인 것으로 알고 있습니다."

"대사형, 그는 문주의 출관이 앞으로 이틀 더 남은 것으로 알고 지금도 우진궁(遇眞宮)에서 술을 마시고 있습니다."

지현, 인현 진인의 말에 천현 진인의 속은 시커멓게 타 들어갔다.

지금은 무림오황이 천하무림을 거대한 다섯 개의 군(群)으로 나누어 잠정적인 지배 체계를 유지, 관리하고 있는 형세지만, 백여 년 전까지만 해도 천하무림은 크게 정(正), 사(邪), 마(魔) 셋으로 나뉘어져 있었다.

정, 사, 마의 세 구조는 수천 년 동안 이어져 내려온 무림의 기본 틀이었다.

그 당시의 무림인들은 자신들이 따르고 추구하는 기치 아래에서 수천, 수만의 문, 방파와 고수들이 서로의 이해득실을 따지면서 천하 곳곳에서 매일같이 헤아릴 수 없을 정도로 많은 싸움과 살상을 끊임없이 되풀이했었다.

모두의 눈에는 이해득실만 보일 뿐 명예나 협의, 법도는 실종된 지 오래였다.

극소수의 방, 문파와 협의지사들을 제외한 무림 거의 대부분이 말 그대로 아비규환에 빠져 버렸다.

그것은 누가 보더라도 무림 전체가 끝없는 깊이의 낭떠러지를 향해 추락하고 있는 상황이었다.

그대로 놔두면 무림은 필경 종말을 맞이하고 말 것이라고 많은 사람들이 우려했지만, 그보다 몇십 배나 더 많은 자들이 이전투구(泥田鬪狗)로 분탕질을 치면서 파국으로의 속도를 배가시켰다.

그런데 무림이라는 거대한 배가 풍랑을 만나 좌초하기 직전, 마침내 분연히 떨치고 일어난 네 개의 진정한 협의지세(俠義之勢)가 있었다.

이들 네 개의 파(派)는 모두 암묵적으로 정도(正道)를 지향했으며, 실제 서로 정보를 교환하고 협력을 하면서 더 이상 손을 쓸 수 없을 것처럼 진창이 돼버린 무림을 빠르게, 그러나 차근차근 정리해 나갔다.

 십여 년이 지나 표면적으로 봤을 때 무림은 그런대로 정리된 것 같았다.

 그리고 네 개의 협의지세가 마침내 개파를 단행했다.

 도가(道家)의 결정체인 선황파.

 유림(儒林)의 총본산인 검황루.

 속가(俗家)를 대표하는 무황성.

 그리고 전설상의 신비지문인 봉황궁이 바로 그들이었다.

 이른바 무림사황(武林四皇)의 탄생이었다.

 하지만 무림사황으로 인하여 억눌려진 화산(火山)은 그친 것이 아니라 잠시 쉬고 있는 중이었다.

 말하자면 언제 또다시 대폭발을 일으킬지 모르는 휴화산(休火山)인 것이다.

 화산 깊숙한 저 아래에서 부글부글 끓으면서 기회가 생기기만 하면 뿜어져 오르려고 하는 용암이 존재하는 한 무림이 완전히 정리됐다고 할 수는 없었다.

 그 용암은 사의 뿌리인 사도십파(邪道十派)와 마의 근간인 마혈육군(魔血六群)으로 불리는 십육 개 방, 문파였다.

 무림에서는 오래전부터 그들 십육 개 방, 문파를 사마십육세(邪魔十六勢)라고 통칭했었다.

 천하무림에는 사와 마를 표방하는 방, 문파들이 수천 개에

달하지만, 수백 년 혹은 천 년 이상의 전통을 지니고 있는 진정한 정통 사마는 사마십육세뿐이었다.

사마십육세를 척멸하지 않는 한, 언젠가는 무림이 또다시 살인과 배신, 탐욕이 창궐하는 아비규환의 구렁텅이에 빠지게 될 것이라는 사실을 염려하지 않는 사람이 없었다.

그런데 바로 그즈음에 사마십육세에서는 지각변동이 벌어지기 시작했다.

마혈육군에서도 가장 세력이 강하고 전통이 깊은 오마루(五魔樓)가 순식간에 마혈육군을 모조리 병합해 버린 것이다.

이후 오마루는 네 배 이상 거대해진 세력으로 사도십파를 차례로 병합하거나 깨뜨려 나갔다.

그 결과 사도십파의 네 개 방, 문파가 괴멸하다시피 됐으며, 나머지 여섯 방, 문파는 스스로 무릎을 꿇었다.

오마루는 사도십파와 마혈육군을 평정한 후 이름을 '마황부'로 개명했다.

무림사황처럼 이름에 '황(皇)'을 넣은 것에 대해서 무림에서는 의견이 분분하고 시끄러웠지만 당사자인 마황부는 침묵으로 일관했다.

무림사황은 사마십육세의 갑작스러운 변화와 개편에 섣불리 대응하지 않고 지켜보기로 했다.

그때부터 무림에는 이름에 '황' 자를 쓰는 방, 문파가 다섯 개가 되었지만, 아무도 마황부를 무림사황과 동격으로 여기지는 않았다.

그래도 마황부는 개의치 않았다. 마치 처음부터 그런 의도가 전혀 없었던 것처럼 태연했다.

그렇지만 일대변혁은 그때부터 마황부를 중심부로 일어났다.

마황부가 사마십육세를 통합함으로써 전 무림의 사마외도를 장악하게 된 것은 주지의 사실이다.

변혁의 첫 번째는, 전 무림의 사마외도들이 그동안 주업으로 삼았던 온갖 악행에서 완전히 손을 뗐다는 것이다.

그리고 두 번째는, 사마외도들이 정파처럼 떳떳하고 적법한 방법의 수입원을 갖추기 시작한 것이다.

전 무림은 경악했다. 길고 긴 무림사를 통틀어서 그런 일은커녕 비슷한 사건조차도 없었다.

사마외도들이 필경 무슨 흉계를 꾸미고 있다든가, 정말이라고 해도 절대 오래가지 못할 것이라든가, 마황부가 천하무림의 수십만 명에 달하는 사마외도들을 제대로 통제하지 못할 것이라는 등 갖가지 소문과 억측들이 난무했다.

그러면서도 천하는 숨을 죽이고 지켜보면서 마황부가 백조를 그리려고 노력하다가 만에 하나 실패를 하더라도 오리라도 그리게 되기[刻鵠類鶩]를 기원했다.

온 천하가 초미의 관심을 보이는 가운데 세월이 흘러갔다.

일 년, 오 년, 마침내 십 년이 흘렀을 때에야 비로소 무림인들은 마황부와 그들의 노고를 차츰 인정하게 되었다.

천하에 더 이상의 사와 마는 존재하지 않게 된 것이다.

아니, 마황부라는 사와 마의 총본산은 십 년 전보다 더 강력하게 정비되어 우뚝 서 있고, 그 휘하에 쟁쟁한 마도고수들 수천 명이 버티고 있었다.

그러나 그들 모두는 진정한 마도(魔道)를 지향하고 마공(魔功)으로 무장하고 있을 뿐, 일체의 악행을 스스로 소멸시켜 버렸다.

오마루가 사도십파와 마혈육군을 굴복시키고 병합하여 마황부로 탄생한 후 십 년이 흘렀을 때, 마황부는 처음보다 다섯 배 이상 강성하고 비대해져 있었다.

또한 그들은 수십 개의 기업과 수천 개의 주루, 기루, 전장, 표국 등의 업소와 무도관 등을 운영하는 초거대상단(超巨大商團)으로 탈바꿈, 성장했다.

무림인들은, 아니, 하늘 아래 머리를 이고 사는 사람들은 마황부의 땅을 딛지 않고, 마황부의 밥을 먹지 않으며, 마황부가 운영하는 업소의 도움 없이는 단 하루도 살아갈 수 없을 정도가 돼버렸다.

온 천하의 무성한 소문과 염려를 완전히 불식시키면서 마황부는 완벽하게 변신에 성공한 것이었다.

그로 인하여 무림은, 그리고 천하는 바야흐로 유사 이래 최대 최고의 태평성대를 구가하게 되었다.

그리고 그 모든 것이 무림사황과 마황부의 공이라는 사실을 만약 부인하는 자가 있다면 그 자리에서 몰매를 맞아 죽을 것이다.

그중에서도 마황부의 공이 단연 가장 크다는 사실을 천하는 잘 알고 있었다.

천하를 어지럽히고 도탄에 빠뜨리는 무리는 사와 마, 그리고 더 있다면 요(妖) 정도일 것이다.

무림사황이 어지러운 무림을 정리하고 사와 마를 공격하여 궁지로 몰아넣었다면, 마황부는 천하의 모든 사와 마와 요를 통합하여 악을 버리게 하고 정(正)으로 거듭나는 이른바 '마정(魔正)'이라는 자구책을 크게 성공시켰다.

그것은 무림사만이 아니라 역사에도 기록된 바 없는 쾌거라 할 수 있을 것이다.

그래서 십 년이 지난 언제부터인가 천하는 마황부를 무림사황과 동격으로 인정하기 시작했다.

천하가 태평성대로 탈바꿈한 공(功)을 십(十)이라고 한다면, 마황부의 공이 최소한 오(五)는 될 것이라고 말하기를 사람들은 주저하지 않았다.

그리고 그 나머지 오(五)가 무림사황의 공이라는 데에 이견을 달 사람도 그리 많지 않았다.

그렇게 구십여 년의 세월이 더 흐른 지금, 마황부는 명실상부한 무림오황의 일원으로서 백 년 동안 지속되고 있는 태평성대의 한 축을 굳건히 지키고 있었다.

그 마황부의 절대지존, 즉 부주가 마랑군이다.

"물러나라!"

태화각 돌계단 위 전문 앞에 멈춰 선 천현 진인은 자신의 앞을 나란히 가로막은 도복 차림의 네 명의 도가고수에게 나직하지만 위엄 어린 호통을 쳤다.

"아무도 들이지 말라는 문주의 엄명이십니다."

당당하게 버티고 선 네 고수 중 맨 우측의 선임자가 정중한 태도로 입을 열었다.

"뭐라? 들여? 이놈아! 문주의 사부이신 대사형께 그 무슨 망발인 게냐?"

성질 급한 지현 진인이 욱! 해서 한 대 쥐어박을 것처럼 주먹을 혼들며 을러대자 선임자는 즉시 허리를 굽혔다.

"잘못했습니다. 용서하십시오."

쿵!

"썩 비켜라!"

지현 진인이 발을 구르며 호통을 치는데도 네 명의 도가고수는 꿈쩍도 하지 않았다.

"현재 태화각을 중심으로 삼십여 장 이내에는 문주께서 허락하신 사람들 외에는 아무도 없습니다."

"이놈들아! 대사형께서는 문주에게는 사부가 되시고, 네놈들에겐 사백조(師伯祖)가 되시는 분이다! 그런 분이 무슨 허락 따위가 필요하다는 말이냐! 당장 비켜서지 않으면 경을 칠 줄 알아라!"

그래도 네 명의 도가고수는 두 발에 뿌리가 내린 듯 여전히 완고한 표정으로 움직일 줄을 몰랐다. 죽인다면 죽을 수밖에 없다는 뜻이었다.

그들 네 명이 소속된 신영검수(神影劍帥)는 현 무당파 장문인 태청자(太淸子)의 직계제자들로서 그가 십오륙 년 동안 직접 가르쳤으며, 모두 열여섯 명이고, 사 년 전 백검룡이 선황파 문주에 오를 때 그의 신변호위를 위해 무당파 장문인이 이곳으로 보냈었다.

무당파에서 장문인과 장로들, 팔궁(八宮), 육원(六院), 이십사암(二十四庵)의 책임자들을 제외하고는 신영검수들이 단연 최강이라고 할 수 있다.

무당파에는 수십 종류의 검진(劍陣)이 있지만 그중에서도 신영검진(神影劍陣)이 단연 으뜸이다.

무당 장문인과 사대장로 도합 다섯 명이 합세해도 파훼하지 못하는 것은 신영검진뿐이다.

전대 선황파 문주였던 도현 진인(道玄眞人)을 호위하던 열여섯 명의 신영검수들은 도현 진인이 천수를 다해 등선(登仙:도인의 죽음)하자 다시 무당파로 복귀했었다. 그것은 선황파의 법은 아니지만 전례였다.

문주의 호위인 신영검수들만이 아니다. 새 문주가 원하면 중요한 지위나 임무를 맡았던 모든 사람들을 새 사람으로 교체할 수가 있다.

실제로 백검룡은 전대 문주 휘하에 있었던 요직의 인물들 칠 할 이상을 갈아치워 거의 물갈이를 했었다.

선황파가 무당파, 화산파, 나부파, 형산파의 네 문파가 주축이 되고 수십 개 도가지문이 합세를 해서 이룩됐다고는 하지만, 지난 백여 년 동안 거의 무당파가 주도권을 쥐고 있었다.

백검룡이 선황파 사대(四代) 문주이며 전의 삼대(三代) 세 명의 문주 역시 모두 무당파에서 배출됐었다.

현재 선황파 내의 세력은 무당파가 육 할, 화산파가 이 할, 나부파와 형산파가 각 일 할씩 차지하고 있는 실정이다.

나머지 수십 개 도가지문에서 온 도가고수들은 백여 년이라는 세월이 흐르는 동안 자파(自派)를 잊고 거의 대부분 선황파에 동화(同化)돼 버렸다.

 그들은 지난 백여 년 동안 선황파 내에서 생활하면서 혼인을 하든가 도가의 맥을 이어 제자를 거두어 자식들과 제자들을 공들여 키워 자신들의 뒤를 잇게 했다.

 만약 그러지 않았다면 그들의 지위와 역할은 그 대에서 끊어졌을 것이다.

 백여 년의 세월이 흐르는 동안 선황파의 뿌리인 네 개 파, 즉 선황사파(仙皇四派) 외에 수십 개 도가지문의 선황파에 대한 영향력은 차츰 약해졌다.

 결국 작금에 이르러서 그들 도가지문과 선황파의 연결 고리는 거의 단절됐다고 해도 과언이 아니다.

 선황파의 전대 문주였던 도현 진인은 천현 진인의 사제였다.

 다시 말해서 원래 사현선로(四玄仙老)였었는데, 둘째인 도현 진인이 선황파 문주가 되면서 삼현선로가 됐던 것이다.

 그리고 도현 진인이 우화등선한 후 삼현선로의 강력한 추대를 받아 천현 진인의 수제자인 태성 백검룡이 사대 문주로 등극했었다.

 그 백검룡의 사부인 천현 진인을 지금 네 명의 신영검수들이 가로막고 있는 것이었다.

 지현 진인이 노하여 연신 호통을 치는데도 네 명의 신영검수는 그 자리에서 끄떡도 하지 않았다.

삼현선로는 무당파가 아닌 선황파 출신이다. 즉, 무당파에 적(籍)만 두었을 뿐, 선황파에서 평생을 보냈다는 뜻이다.

그러니 신영검수들에게 있어서 삼현선로는 항렬상으로만 사백조이지 이곳 선황파에 와서 보고 대한 것이 전부였다.

신영검수들의 사부나 사숙, 사형제들을 모두 무당파에 있다. 그들이 진짜 항렬을 따질 수 있는 가족인 것이다.

그것은 곧 신영검수들이 사백조의 위엄보다는 임무의 충실함에 더 무게를 둔다는 뜻이기도 하다.

"이놈들을!"

지현 진인이 대노하여 일장을 발출하려고 오른손을 쳐들었는 데에도 신영검수들은 눈 하나 깜빡이지 않았다.

"돌아가세."

그때 천현 진인이 씁쓸한 표정으로 나직이 말하며 몸을 돌렸다. 무슨 일이 있어도 신영검수들이 비켜주지 않을 것이라고 판단한 것이다.

더 있다가는 오히려 선황파의 최고 배분인 자신들의 꼴만 우습게 되고 말 터이다.

만약 천현 진인이 만류하지 않았더라면 지현 진인은 정말 일장을 발출했을 것이다.

천현 진인은 문주의 사부고, 지현, 인현 진인은 사숙이라는 지고한 신분이다.

선황파에는 삼현선로 외에도 화산파 두 명, 나부파와 형산파에서 각 한 명씩 도합 일곱 명의 선황칠노(仙皇七老)가 있지만, 삼현선로의 위세에 비할 바는 아니었다.

지금 삼현선로는 생애 최초의 비참한 심정을 맛보고 있는 중이었다.

그것도 자신들의 제자이며 사질에게 말이다.

천현 진인은 돌계단을 내려가면서 제자의 집무실이 있는 이층 창을 슬쩍 올려다보았다.

창은 굳게 닫혀 있었다.

'도대체 그 아이는 무슨 생각을 하고 있는 것인가?'

천현 진인의 가슴이 그지없이 답답해졌다.

마황부주 마랑군이 무엇 때문에 느닷없이 선황파를 방문했는지도 모르고 있는 상황이다.

그런데 백검룡은 폐관 중이라는 핑계로 마랑군을 나흘씩이나 기다리게 하고 있다.

분을 삭이느라 씨근거리고 있는 지현 진인과는 달리, 지혜로운 인현 진인은 생각에 잠긴 채 묵묵히 걸음을 옮기다가 힐끗 대사형의 얼굴을 쳐다보았다.

천현 진인의 얼굴은 심각한 중에도 돌덩이처럼 차갑게 굳어 있었다.

인현 진인은 천현 진인을 대사형으로 모신 지난 오십여 년 동안 그가 지금처럼 심각한 표정을 짓는 것을 처음 보았다.

천현 진인은 자신들의 거처인 삼현거(三玄居) 쪽으로 방향을 잡았다.

지금 그의 가슴속은 숯덩이처럼 새카맸다.

그가 출타하기 전까지만 해도 봉황옥선후가 마랑군과 손을 잡고 천하무림을 도모하려 한다는 것이 무엇보다도 중차대하고 가장 시급한 사건이었다.

그런데 천신만고 끝에 그것을 깨끗하게 해결하고 돌아와 보니, 추호도 예상하지 않았던 또 하나의 난제가 기다리고 있는 것이 아닌가?

세 명의 노도사들은 어느 누구도 입을 열지 않은 채 천천히 걷기만 했다.

그리고 어느 순간 그들의 시선이 일제히 우측을 향했다.

그들의 시선이 집중된 곳에는 한 채의 고풍스러운 이층 전각이 위치해 있었다.

우진궁이었다.

무당파에서 귀빈을 접대하는 곳이 우진궁이듯, 선황파에서도 그것을 답습하고 있었다.

마랑군이라면 최고의 귀빈일 테니 우진궁 전체를 사용하고 있을 것이고, 큰 창이 있어서 볕이 잘 들고 넓은 노대(露臺:테라스)가 있는 이층의 남향쪽 방을 사용할 터이다.

삼현선로의 시선이 우진궁의 이층 남향으로 창이 난 방으로 향했다.

그러나 창은 굳게 닫혀 있었고, 노대에는 아무도 나와 있지 않았다.

삼현선로의 시선이 다시 빠르게 우진궁의 곳곳을 훑었다.

그러나 우진궁 돌계단 위 전문 앞을 지키고 있는 선황파의 이급호위고수 두 명만이 보일 뿐이었다.

마랑군이 선황파에 왔다면 그의 충직한 심복이며 그림자인 마중십팔혼(魔中十八魂) 열여덟 명도 함께 왔을 것이라는 사실은 너무도 당연했다.

그리고 마랑군이 우진궁 안에 있다면, 우진궁 안팎에 마중십팔혼이 철통같은 호위를 하고 있을 것이다.

천현 진인은 씁쓸한 표정을 지으며 걸어가다가 앞쪽의 전각을 좌측으로 끼고 돌았다.

그 순간 천현 진인은 뚝 걸음을 멈추었다.

그의 눈이 약간 커졌으며 반백의 눈썹이 가볍게 찌푸려졌다.

그는 멈춰 선 채 우진궁을 중심으로 하여 주위 전각들을 천천히 둘러보았다.

지현, 인현 진인도 적잖이 놀란 표정으로 천현 진인과 똑같은 행동을 취하고 있었다.

삼현선로의 시선이 미치는 곳에는 그저 전각의 지붕과 기둥, 처마, 서까래 따위만 보일 뿐 사람은 아무도 없었다.

하지만 사람이 보이지 않는다고 해서 기운마저 느껴지지 않는 것은 아니었다.

'이럴 수가! 우진궁 주위에 삼대검진(三大劍陣)을 모두 펼쳐 놨다는 말인가?'

무당파에는 모두 일곱 개의 검진이 있으며, 대검진(大劍陣) 세 개와 소검진(小劍陣)이 네 개다.

대검진은 현천대검진(玄天大劍陣), 구궁팔괘대검진(九宮八卦大劍陣), 범자연환대검진(凡子連環大劍陣)인데, 지금 그것들이 모두 우진궁을 중심으로 펼쳐져 있는 것이었다.

대검진 중에서 가장 작은 현천대검진은 무림삼대검진 중 하나에 꼽힐 정도의 막강한 위력이며 사십사 명이 펼치고, 구궁팔괘대검진은 칠십이 명, 범자연환대검진은 자그마치 백육십 명이 펼친다.

그렇다면 지금 우진궁을 중심으로 이백칠십육 명의 검수들이 겹겹이 삼대검진을 펼치고 있다는 것이다.

삼대검진 속에서는 당금 천하무림의 그 누구도 빠져나가지 못한다는 것은 무림에 적을 두고 있는 사람이라면 모두 알고 있는 사실이다.

　삼현선로는 그 자리에 멈춰 서 착잡한 표정을 지으며 이제는 보이지 않는 우진궁 쪽 하늘을 쳐다보았다.

　제자이며 사질인 백검룡이 무림오황의 지존을 나흘씩이나 방치해 두는 것도 처음 있는 일이고, 사부와 두 명의 사숙을 문전박대한 일도 처음이며, 선황파가 개파한 이후 삼대검진이 한꺼번에 펼쳐진 것도 처음 있는 일이었다.

　천현 진인의 가슴은 아까보다 더 까맣게 타 들어가고 있었다.

一擲賭乾坤

원래 호리는 어두워진 후에도 밧줄로 호리궁을 계속 끌고 갈 생각이었다.

그에게는 어둠이 무의미하기 때문이다. 사방이 대낮처럼 환하게 보이는데 밤이라고 해서 쉬어야 할 이유가 없었다.

하지만 허겁지겁 달려나온 철웅이 다급한 목소리로 호선이 혼절했다고 외친 후부터 호리궁은 강변에 정박한 채 오늘 아침까지 꼼짝도 하지 못했다.

호선은 그때까지도 깨어나지 못하고 있었다.

그렇다고 호리는 그것 때문에 초조해하지는 않았다.

기억을 되찾더라도… 73

한시바삐 낙양으로 가는 것도 중요하지만, 호선의 안위도 중요하기 때문이다.

그즈음의 그는 사매 연지와 호선 두 사람 중에서 누가 더 자신에게 소중한 사람인지 선뜻 판가름할 수 없을 정도가 돼 버렸다.

호리는 밤새 호선 곁을 한시도 떠나지 않았다.

처음에 그녀가 혼절했을 때처럼, 그녀의 옷을 모두 벗겨놓고 온몸 구석구석을 샅샅이 살펴보았다.

하도 그녀의 알몸을 많이 보고 만져 본 호리라서 이제는 눈을 감고도 그녀의 몸을 자세히 그릴 수 있을 정도였다.

항주성에서 처음 발견했을 때 그녀의 몸에 나 있던 상처들은 이제 미미한 흔적조차 남아 있지 않았다.

오죽했으면 가장 심했던 심장 바로 위의 깊숙한 검상이 있던 정확한 부위가 어디였었는지 이리저리 헤매다가 끝내 찾아내지 못했겠는가.

그는 심지어 호선의 음부와 항문까지도 자세히 살폈다.

그녀가 어째서 이따금씩 혼절을 하는지 원인을 알아내자면 단 하나라도 그냥 넘어가서는 안 되기 때문이다.

호리는 반듯한 자세로 누워 있는 호선 옆에 앉아서 눈썹을 찌푸린 채 그녀의 온몸을 다시 한 번 자세히 살피다가 이윽고 시선이 머리에서 멈추었다.

그제야 먹처럼 검으면서 숱이 많은 긴 머리카락 속을 살펴보지 않았다는 사실을 깨달았다.

정신이 번쩍 든 그는 즉시 책상다리로 앉은 후 그녀의 머리를 자신의 포개진 허벅지 위에 얹고 머리카락 속을 세세히 살피기 시작했다.

호선은 몸에 점이나 잡티가 하나도 없이 깨끗했는데, 머리카락 속 두피도 마찬가지였다.

호리는 그녀의 몸을 뒤집어 엎어놓고 뒷머리 속을 살폈다.

'이것은?

그러다가 그의 눈길이 목에서 머리가 시작되는 부위에 딱 고정됐다.

그곳에 엄지손톱 두 개 크기의 타원형의 검은 반점 하나가 있는 것을 발견한 것이다.

손끝으로 조심스럽게 더듬어보았지만 두피보다 약간 도드라져서 올라왔다는 것 외에는 별다른 느낌이나 이상한 점을 발견할 수 없었다.

이런 도드라진 반점을 몸에 갖고 있는 사람은 생각보다 많다. 그러니 호선에게 그런 반점이 있다고 해서 이상할 것은 없다.

하지만 호선의 온몸에 의심이 갈 만한 곳이라곤 이 반점 하나뿐이므로 그냥 지나칠 수가 없었다.

호리는 검지 끝에 약간 힘을 주어 반점을 가만히 두세 차례 눌러보았다.

그러자 약간 물렁물렁하며 안에 무엇인가 들어 있는 듯한 느낌이 손끝으로 전해졌다.

'사혈(死血:죽은피)이다!'

순간 그는 내심 나직이 소리쳤다.

대부분의 반점을 손끝으로 살짝 누르면 말랑말랑한 살덩이의 느낌이 들지만, 이것은 물컹물컹한 느낌이었다.

손가락으로 누를 때마다 반점 안에서 액체 같은 것이 움직이는 느낌도 들었다. 그래서 호리는 그것이 사혈이 엉겨 있는 것이라고 판단했다.

진짜 반점일 수도 있겠으나, 가끔씩 느닷없이 혼절하는 호선의 상태가 설명되려면 그것이 사혈이 엉겨 있는 것이어야만 하는 것이다.

호리는 방문을 쳐다보며 뭐라고 말하려다가 멈추고 이불을 끌어와 엎드려 있는 호선의 몸을 덮어준 후에 방문을 향해 소리쳤다.

"철웅은 깨끗한 천과 그릇 하나를 가져오고, 은초는 예도를 불에 달궜다가 가져와라!"

무공 수련이라면 촌각도 아까워하는 철웅과 은초였지만, 호선이 혼절한 후 줄곧 그녀의 방에서 가까운 주방 탁자에 앉아 초조하게 기다리고 있었다.

얄미울 정도로 냉정하게 자신의 잇속만 차리는 은초는 호선이 쓰러진 후 잠시 방문 밖에서 서성거리다가 철웅을 혼자 놔두고 수련을 하겠다고 수련실로 들어가더니 일각도 못 돼서 다시 나와 말없이 철웅 옆에 앉았었다.

겉으로는 아닌 체하지만 그 역시 호선의 안위가 몹시 걱정됐던 것이다.

잠시 후 방문이 열리고 철웅과 은초가 조심스럽게 각기 깨끗한 천과 그릇, 불에 달군 예도를 갖고 기웃기웃 조심스럽게 들어와 호선부터 살펴보았다.

"호리야, 호선은 좀 어떠냐?"

호리 옆에 물건들을 가지런히 놓은 후, 은초가 팔꿈치로 철웅의 옆구리를 쿡쿡 찌르자 철웅은 쭈뼛거리면서 물었다.

"그저 그래."

철웅과 은초는 하룻밤 사이에 초췌해진 호리의 심각한 얼굴을 보고는 가만가만 방을 나갔다.

호리는 책상다리로 다시 고쳐 앉은 후 엎드린 자세인 호선의 양어깨를 잡고 바짝 끌어당겨 상체를 자신의 포갠 두 다리 위에 얹어 되도록 뒤통수가 잘 보이도록 했다.

자세는 그런대로 됐으나 이번에는 숱이 많은 풍성한 머리카락이 문제였다. 올리면 흘러내려 오고, 옆으로 젖혀놓으면

헝클어져 버렸다.

할 수 없이 머리카락 전체를 통째로 말아 쥐고 위로 쓸어올려 끈으로 묶은 후에 반점이 있는 부위의 머리카락을 예도로 조심스럽게 밀었다.

그러자 반점이 일목요연하게 드러났다.

호리는 호선의 목 아래 바닥에 빈 그릇을 놓고 깨끗한 천을 접어서 뒷목에 얹어놓은 후, 조심스럽게 예도를 반점을 향해 가져갔다.

만약 칼날을 살짝 대어봐서 사혈이 흘러나오지 않는다면 즉시 떼어야 한다. 사혈이 응결된 것이 아니라 정말 반점이기 때문이다.

예도의 칼날이 반점에 막 닿으려는 순간, 호선의 상체가 가볍게 꿈틀거렸다.

호리가 가볍게 놀라 반점에서 예도를 약간 떼자 발음이 불분명한 호선의 웅얼거리는 목소리가 호리의 사타구니 아래쪽에서 들려왔다.

"뭐… 야? 왜 이렇게 어둡고 답답하지?"

느닷없이 혼절했던 것처럼, 갑자기 호선이 깨어난 것이다.

"호선아, 움직이지 말고 조금만 참고 있어."

호리는 이참에 반점을 확인하고 싶었다.

"호… 리, 거기 있는 거야? 나 지금 어떻게 된 거지?"

"……."

호리는 대답하지 않았다. 아니, 할 수가 없었다.

호선을 엎드리게 한 자세에서 호리 자신의 책상다리 위로 끌어 올린다는 것이 공교롭게도 그녀의 얼굴이 그의 허벅지 사이 음경 위에 얹힌 것이었다.

더 좋지 않은 것은, 호리가 입고 있는 얇은 옷과 속곳 두 개의 천을 사이에 두고 호선의 입과 호리의 음경이 맞닿아 있다는 사실이었다.

그래서 그녀가 입술을 움직여 말을 할 때마다 음경에 꼬물거리는 느낌이 고스란히 전해졌다.

"아, 아무 말도 하지 마라, 호선아."

호리는 더듬거리면서 다급히 주문했다.

"왜? 무슨 일이 있어? 도대체 지금 어떤 상황이야?"

말을 하지 말라니까 그녀는 더욱 종알거렸다.

'미… 치겠다……!'

음경에서부터 시작된 괴이한 찌릿찌릿함이 온몸으로 번갯불처럼 퍼져 나가자 호리는 안색이 해쓱해져서 식은땀을 빠직빠직 흘려댔다.

호리는 수양이 깊은 고승도 노도사도 아니다. 그렇기 때문에 호선을 목욕시키고 또 치료를 하느라 알몸을 보고 만지면서 절대로 아무렇지 않을 수가 없었다.

다만 그는 깊은 수양을 쌓지 않은 대신 놀라울 만큼 강인한 정신력을 지니고 있었다.

호선을 치료하고 목욕을 시키면서 그는 속으로 수없이 소정심법의 심법 구결을 외웠었다.

또한 사부와 사매 연지를 생각하면서 호선의 눈부시고 농염한 옥체에 무심하려고 애썼었다.

그런데 지금 상황은 그것과는 사뭇 달랐다.

자신이 손으로 호선의 몸을 쓰다듬고 만지는 것은 정신력으로 어떻게든 버틸 수 있는 일이었다.

그렇지만 그녀가 직접 호리의 몸에 접촉을 하는 것은, 더구나 입술이 음경을 직접적으로 자극하는 데에는 호리로서도 용빼는 재주가 없는 것이다.

그러나 호선은 호선대로 놀라고 있었다.

정신을 차리고 눈을 떠보니 주위가 온통 캄캄한 데다 제대로 숨을 쉴 수 없을 정도로 답답했다.

그러나 그녀는 곧 자신이 엎어진 자세로 있다는 것과 자신의 뒷머리를 누군가 만지고 있는 것을 깨달았다.

그녀는 두 번의 말을 한 직후 자신의 얼굴에 짓눌려 있는 그 무엇이 마치 굵직한 뱀처럼 심하게 꿈틀거리는 것을 느끼고 소스라치게 놀라 막 소리를 지르려고 했다.

쿡!

"입 다물고 가만히 있으라는 말이다!"

"읍!"

다급해진 호리는 왼손으로 그녀의 머리를 아래로 처박으며 낮게 호통을 쳤다.

숨이 막히는지 호선이 버둥거렸지만 호리는 아랑곳하지 않고 예도를 반점에 갖다 댔다.

슥—

예도의 얇고 날카로운 칼날이 반점을 가로로 살짝 베었다.

주르르……

그러자 베어진 틈에서 시커멓게 죽은피, 즉 사혈이 꾸역꾸역 흘러나왔다.

호선은 자신의 뒤통수에 선뜻한 느낌을 받고는 버둥거림을 멈추고 가만히 있었다.

과연 호리의 판단이 옳았다. 그것은 반점이 아니었다.

아마도 오래전에 뒤통수에 강한 충격을 받은 상태에서 겉으로는 멀쩡하지만 그 부위 안쪽이 괴사(壞死)하여 피가 죽어 사혈이 되고, 또 오랫동안 그 속에 응혈이 되어 고여 있었던 모양이었다.

피는 쉬지 않고 계속 흘러나왔다.

호리는 예도를 대고 이번에는 조금 더 넓게 베었다.

그러자 피는 호선의 새하얀 목을 타고 아래로 흘러 그릇으로 떨어져 고였다.

피는 붉은 기운이 조금도 없는 새카만 흑색이었으며, 심한 악취가 풍겼다.

'아!'

문득, 뇌리를 스치는 무엇인가가 있어서 호리는 움찔 놀라면서 표정이 변했다.

'이 상처는 그때 항주에서……'

그랬다.

항주의 운하에서 처음 호선을 건져 올려 서호의 울겸림으로 데리고 와서 치료를 했을 때, 분명히 그녀의 뒷머리에는 상처가 있었다.

그의 기억이 정확하다면, 당시의 그 상처는 그다지 심하지 않았었다.

단지 두피가 찢어져서 피가 흘러나와 머리카락과 엉겨 붙은 상태로 가만히 놔두어도 나을 정도였었다.

상처 부위를 물로 깨끗이 씻어낸 후 자세히 살폈지만 약간 찢어진 것 말고는 달리 이상이 없었다.

상처에 자신이 제조한 금창약을 발라주었으며, 이후에 서너 번 더 금창약을 발라주자 말끔하게 나았었다.

그래서 그다음부터 호선을 치료할 때에는 뒤통수 상처는 호리의 기억에서 점차 잊혀졌었던 것이다.

호선은 그 당시에 누군가에게 공격을 당하는 과정에서 뒷머리에 강한 충격을 받았거나 추락하다가 단단한 바닥에 부딪친 것이 분명했다.

호리는 상처에서 썩은 피가 계속 흘러나오는 것을 주시하면서 생각에 잠겼다.

'호선의 뒷머리 상처는 두피만 찢어진 것이 아니라 안쪽, 즉 뇌가 강한 충격을 받았거나 뇌의 한 부분이 괴사한 것일 수도 있다!'

그렇다면 바로 그것 때문에 호선이 기억을 잃었고, 또 이따금 혼절을 하는 것일 수도 있다.

아니, 그것을 빼고는 그녀의 기억상실과 혼절을 달리 설명할 방도가 없었다.

호리는 가벼운 흥분을 느꼈다. 어쩌면 호선의 기억상실과 혼절하는 병을 치료하게 될지도 모른다는 조금은 성급한 생각을 하게 되었다.

썩은 피는 한참이나 더 흐르다가 그릇 하나를 절반쯤 채웠을 때 멈추었다.

"됐다. 이제 일어나… 끄악!"

호리는 예도를 놓은 후 두 손으로 호선의 양어깨를 잡고 위로 번쩍 일으키다가 몸의 뿌리가 뽑히는 듯한 무지막지한 통증에 처절한 비명을 터뜨렸다.

아까 호선은 무슨 말을 하려고 입을 벌리다가 갑자기 호리가 머리를 아래로 처박는 바람에 입 안 하나 가득 무엇인가를 문 채 코와 입이 다 막힌 상태에서 질식하여 죽는 줄로만 알았다.

그래서 귀식대법(龜息大法)을 전개한 채 잠자코 있었는데, 호리가 아까처럼 느닷없이 그녀를 번쩍 쳐들었으니, 입 안에 하나 가득 물고 있는 것도 함께 끌려 올라올 수밖에 없었던 것이다.

"호리."

호리의 방문 밖에서 호선의 안타까운 부름이 들려왔다.

그 해괴하고도 누구에게 말도 못할 일이 있고 나서 호선은 한 시진째 호리의 방문 앞을 떠나지 못한 채 그를 부르고 있는 중이다.

이유야 어찌 됐든, 호선은 호리의 음경을 물어뜯은 꼴이 되고 말았다.

오죽했으면 호리의 바지가 다 뜯겨졌을까.

호선이 그 당시의 기억을 굳이 되살리려고 애쓰지 않아도, 자신의 이빨이 아직도 얼얼하게 아픈 것으로 미루어 호리가 매우 강한 충격을 받았을 것이라는 사실을 어렵지 않게 짐작할 수 있었다.

"호리."

호선은 방문에 기대서서 또다시 조그만 목소리로 호리를 불렀다. 그녀의 목소리에는 걱정이 가득했다.

그러나 여전히 방 안에서는 대답이 없었다.

"하아……."

호선은 방문에 이마를 대고 나직한 한숨을 토해냈다.

이 일을 어찌해야 한다는 말인가. 누구에게 하소연할 수도 없는 일이었다.

그녀 뒤에는 철웅과 은초가 나란히 서서 더없이 긴장된 표정을 짓고 있었다.

호리는 방문을 안에서 걸어 잠근 채 꼼짝도 하지 않고, 호선은 방문 밖에서 초조하게 그를 부르고 있으니 그들이 어찌 긴장하지 않겠는가.

"호선, 대체 무슨 일인데 그래? 말 좀 해봐."

"답답해 죽겠네. 정말……."

철웅과 은초가 벌써 수십 번도 더 물었던 질문을 다시 했지만, 호선은 착잡한 표정만 지을 뿐 예쁜 입술을 꼭 다물고 있을 뿐이었다.

벌써 사시(巳時:오전 10시)가 지나고 있었다.

철웅은 탁자에 아침식사를 준비해 놓고는 요리가 식으면 다시 데우기를 이미 여러 차례 반복했다.

"가서 먼저 밥 먹고 있어."

호선은 철웅과 은초의 등을 음식이 차려진 주방 쪽으로 떠밀고 나서 방문에 찰싹 붙어 나직이 속삭였다.

"호리, 괜찮아? 많이 다치지 않았어?"

"뭐? 호리가 다쳤다고?"

"거봐! 내 말이 맞잖아! 아까 그 비명 소리는 호리가 지른 것이 맞다니까?"

"앗!"

다음 순간 뒤에서 철웅과 은초가 놀라서 외치자 호선은 그보다 더 놀라서 비명을 터뜨렸다.

호리는 정오쯤 돼서야 방에서 나왔다.

그때까지도 호선과 철웅, 은초는 호리의 방문 앞을 떠나지 않고 지키고 있었다.

촌각이 바쁜 호리지만 음경이 퉁퉁 부은 데다 뽑힐 것처럼 아파 침상에 누워 신음 소리도 내지 못한 채 이불을 물어뜯으며 고통을 참아야만 했었다.

찬물로 열기를 좀 식히면 좀 가라앉을 텐데, 너무 붓고 아파서 한 발자국도 떼어놓지 못하는 형편이었다.

용케 방을 나간다고 해도 식전 댓바람부터 목욕탕에 들어가면 철웅과 은초가 의심을 할 것이 분명하고, 또 가해자인 호선이 호리를 혼자 내버려 두지 않았을 것이다.

그래서 침상 위에서 바지를 내리고 약을 바른다, 부채질을 한다, 혼자 몸부림을 치다가 조금씩 부기와 통증이 가라앉은 것 같아서 이제야 나온 것이다.

아니, 사실 부기와 통증은 여전했다. 다만 촌각이 급한 마음에 언제까지 그대로 있을 수가 없어서 고통을 참으면서 나올 수밖에 없었다.

"괜찮아?"

"호리야! 대체 어딜 다쳤냐?"

"어이구! 호리야! 어딜 다쳤기에 몇 시진 사이에 얼굴이 반쪽이 된 거냐?"

그가 방에서 나오자 기다리고 있던 호선과 철웅, 은초가 일제히 외쳤다.

과연 호리의 얼굴은 초췌해서 아까하고는 딴판이었다. 하지만 그것은 밤새 호선을 간호하느라 그리된 것이지 다른 이유는 아니었다.

"밥이나 먹자."

호리는 세 사람의 말을 일축하고 요리가 차려져 있는 탁자로 걸어갔다.

그러나 호선과 철웅, 은초는 호리가 어기적거리면서 걷는 뒷모습을 지켜보며 놀라는 표정을 지었다.

"호리야."

철웅이 부르자 호리는 걸음을 멈추고 뒤돌아보았다.

"왜?"

철웅은 호리의 엉덩이에 시선을 고정시킨 채 가볍게 눈살을 찌푸렸다.

"너, 똥 쌌냐?"

그러고 보니 호리의 엉덩이 아래쪽이 묵직한 것이 그렇게 보이기도 했다.

"쓸데없는 소리."

호리는 또 일축하고 탁자 앞 의자에 앉았다. 아니, 탁자를 붙잡고 용을 쓰다가 가까스로 앉았다.

그런데 어렵사리 앉은 호리를 철웅이 다시 번쩍 일으켰다.

"부끄러워하지 말고 가서 씻고 와서 밥 먹어라."

다음날 오후.

호리궁은 낙수 중류 지역을 유유히 흘러내려 가고 있었다.

호선이 갑자기 혼절을 한 직후에 그녀를 치료하느라 호리궁이 멈춰서 정박해 있던 곳에서 이곳까지는 순전히 호선 혼자 호리궁을 끌고 왔다.

호리가 불의의 사고를 당했기 때문이었다.

절천강은 그곳에서 조금 더 올라간 최상류 지역부터는 갑자기 물살이 거세져서 바람의 힘으로는 한 치도 오르지 못하는 상황이었다.

호리궁은 아예 돛을 모두 내린 상태에서 호선이 밧줄만으로 절천강 최상류까지 끌고 올라간 후, 적당한 지점에서 호리궁을 땅 위로 끌어 올려 구릉을 세 개나 넘은 후에 낙수로 진입해 있었다.

절천강에서 낙수까지 가장 가까운 직선거리는 약 팔 리쯤 됐다.

그러나 낭떠러지와 울창한 숲, 가파른 언덕이 이어져 있어서 그곳으로 호리궁을 끌고 가는 것은 불가능했다.

그래서 그곳보다 좀 멀지만 완만한 경사에 누런 풀이 무성한 초지의 구릉지대를 선택했다.

무게 때문에 호리궁 바닥이 긁히거나 부서지는 것을 방지하기 위해서 일정한 굵기의 긴 통나무 수십 개를 준비하여 호리궁 밑에 나란히 깔았다.

호선이 호리궁을 끌고 전진하면, 철웅과 은초가 뒤쪽의 통나무를 가져다가 다시 앞쪽에 까는 방법이었다.

호선 같은 절정고수에게 오백 관 무게의 호리궁을 끄는 것은 별로 어렵지 않은 일이었기 때문에, 언덕에서조차도 속도가 매우 빨랐다.

그 속도에 맞춰 호리궁 아래에 통나무를 까느라 철웅과 은초는 입에서 단내가 풀풀 풍기고 온몸이 후들거릴 정도로 고생을 했다.

그렇다고 해서 호선이 사정을 봐줘가면서 천천히 끌 사람이 아니었다.

오르막이건 내리막이건 그녀는 일정한 속도로 호리궁을 끌었으며, 호리궁을 어느 누구보다 아끼고 사랑하는 철웅과 은초는 자신들의 몸이 부서질지언정 호리궁이 긁히거나 깨지는 것은 두 눈 뜨고 볼 수 없다는 심정으로 온몸을 던져서 통나무를 날랐다.

그런 우여곡절 끝에 절천강 강변을 떠난 지 세 시진 만에 낙수 중류에 당도할 수가 있었다.

그 당시 그곳에서 고기잡이를 하고 있던 이십여 척 고깃배의 어부들은 강변 언덕에서 스르르 미끄러져 내려와 강으로 들어서 사라져 가는 한 척의 늘씬한 자태의 배를 보고 입에 거품을 물었었다.

그 난리법석이 벌어지는 동안에도 호리는 아파서 꼼짝도 하지 못하고 있었다.

그가 한 일은 호리궁의 선실 의자에 앉아 배가 강에서 나와 산으로, 그리고 다시 강으로 들어가는 광경을 지켜보면서 이렇게 해라, 저렇게 해라 참견한 것이 전부였다.

낙수에 진입한 호리궁은 말 그대로 순풍에 돛을 달고 쏜살같이 달려 밤이 되기 전에 능이산이 시작되는 서쪽 거대한 분지에 위치한 노씨현(盧氏縣)에 도착했다.

 호리는 틈을 내어 철웅과 은초의 무공을 지도하기 위해서 수련실에 함께 있었고, 호선은 자신의 방에서 운공조식을 하고 있었다.
 이틀 전, 호선이 두 번째로 이유 모를 혼절을 하고 난 이후 처음 하는 운공이었다.
 방금 전에 한차례의 운공조식을 하고 난 호선은 이상한 기분을 느꼈다.
 예전에 운공을 할 때와는 뭔가 달라진 기분이었다. 물론 여기서의 예전이란 항주에서 호리에게 구해지고 난 이후를 말하는 것이다.
 호리가 치료를 해준 후 웬만큼 움직일 수 있게 되었을 때 그녀는 첫 운공조식을 했었다.
 운공조식을 할 줄 알아서도 아니고, 구결을 외우고 있어서도 아니었다.
 그저 오래된 습관이었다. 호리가 볼일을 보러 나간 사이, 호리궁에 혼자 남은 그녀는 자신도 모르는 사이에 가부좌를 틀고 앉았으며, 어쩌고 자시고 할 사이도 없이 어느새 운공을 하고 있었다.

운공을 하고 있으면서도, 그리고 운공이 끝나고 나서도 자신이 운공을 했다는 사실을 인식하지 못했었다.

그러니 자신이 한 운공이 어떤 심법이며 신공인지에 대해서 모르는 것은 당연했다.

하지만 정신이 그것을 모른다고 해서 십오륙 년 동안 눈만 뜨면 가문의 절학을 줄기차게 연마해 온 그녀의 몸[體]마저 모를 리가 없었다.

그것은 깊은 산속의 작은 옹달샘에서 시작된 조그만 물줄기가 어느 누구의 가르침이 없어도 제 갈 길을 찾아내서 내를 이루고 또 강을 이루며 마침내는 바다에 도달하는 것과 같은 이치다.

어쨌든 그 당시의 그녀는 운공을 할 때마다 기분이 더없이 상쾌해지고, 몸이 날아갈 듯이 가벼워지며, 상처가 좀 더 빠르게 치유된다는 사실을 깨닫고 틈날 때마다 운공을 하려고 노력했었고, 또 그렇게 했었다.

처음 운공을 한 날 하루에만 그녀는 연이어 다섯 차례의 운공을 했고, 다섯 번째의 운공이 끝났을 때에는 그 신공구결에 대해서 완벽하게 파악이 끝나 있었다.

물론 몸으로써의 파악이다. 정신이 그것을 파악하는 데에는 조금 더 오랜 시간이 걸렸었다.

그런데 지금 한 차례의 운공을 하고 난 호선은 운공을 하기 전에 비해서 정신이 매우 맑고 상쾌해진 것을 느꼈다.

물론 언제 어느 때든 운공을 하고 나면 정신이 맑고 기분이 상쾌해졌다.

그러나 지금 이 느낌은 예전에 운공을 하고 나서 느껴지던 것과는 비교도 할 수 없을 정도였다.

마치 머릿속의 것들을 몽땅 끄집어내서 맑고 찬 물에 한바탕 깨끗이 헹궈낸 것 같은 그런 것이었다.

예전에는 운공을 하고 나서 느끼던 상쾌함이 최상인 줄 알았었는데, 그게 아니라 이것이 최상이었다.

'혹시 뒷머리의 사혈을 빼냈기 때문일까?'

문득 거기에 생각이 미쳤다.

늘 해오던 운공인데 오늘 갑자기 변화가 생길 리 없었다. 원인을 꼽으라면 어제 뒷머리에서 사혈을 뽑아낸 것이 유일할 것이다.

'어쩌면 잃었던 기억을 되찾게 되는지도 모르겠어.'

거기에 생각이 미친 호선은 화들짝 놀라 자신도 모르게 급히 가부좌의 자세를 풀었다.

가부좌의 자세를 하고 있다가는 자신이 원하지도 않는 상태에서 엉겁결에 운공조식이 시작될지도 모른다는 생각이 들었기 때문이다.

물론 호리에게 구함을 받고 나서 처음 몇 차례는 그런 적이 있었지만, 그 후로는 순전히 그녀의 의지로만 운공을 시작하고 끝냈었다.

하지만 호선은 겁이 났다. 자신도 모르는 사이에 운공을 하게 되고, 그래서 덜컥 원하지도 않는 기억을 되찾게 될지도 모를까 봐 그러는 것이었다.

'만약 기억을 되찾게 되면… 그래서 지금까지의 기억을 모두 잃어버린다면……'

호선은 잃어버린 기억을 되찾고 싶지 않았다.

자신의 과거가 어땠었는지 조금쯤, 아니, 사실 무척 궁금했다. 또한 기억을 되찾는다고 해도 절대로 호리 곁을 떠나지 않을 자신이 있었다.

그렇지만 사람의 일이란 모르는 것이다. 만약 기억을 되찾고 난 후에 호리궁에서 호리와 함께 생활하는 것이 아주 하찮게 여겨질 수도 있다.

그럼 죽어도 호리 곁을 떠나지 않겠다는 맹세도 물거품이 돼버릴 수 있는 것이다.

호선은 그것을 두려워하고 있었다.

그리고 만에 하나, 기억을 되찾는 과정에서 호리와 함께 생활했던 그동안의 기억들을 모조리 잃게 될 가능성도 배제할 수 없었다.

'봉황궁이나 봉황옥선후 따위가 무슨 소용이야! 나는 호리

의 여자야! 호리가 날 버리지 않는 이상 나는 절대 호리 곁을 떠나지 않을 거야!'

그녀는 입술을 피가 나도록 힘껏 깨물었다.

호선은 자신의 정확한 나이조차 모르고 있다.

그렇지만 호리와 지낸 넉 달여 동안의 추억을 기억하기 위해서라면, 봉황궁이라는 곳에서 보냈을 십수 년의 세월쯤은 소멸되어 버린다고 해도 추호도 아깝지 않았다.

또한 앞으로 호리와 보내게 될 많은 날들을 위해서라면, 봉황궁주로서 천하를 호령하면서 살아갈 세월은 기꺼이 희생할 각오였다.

그리고 호선은 오늘 이후 절대 운공조식을 하지 않을 결심을 했다.

척!

호선은 호리의 방에 들어섰다.

뭔가 떠오르는 구결이 있는데 그것이 무공 구결인 것 같아서 생각났을 때 적어두려는 것이었다.

호리는 틈틈이 기록을 하는 습관이 있어서 그의 방에는 항상 지필묵이 준비되어 있으며, 호선은 그것이 어디에 있는지 잘 알고 있다.

그녀는 무릎을 굽히고 상체를 낮춰 침상 아래를 들여다보다가 하나의 제법 큼직한 갈색 나무상자를 꺼냈다.

　호선은 그 상자를 예전에 항주성에서의 호리궁에서부터 줄곧 봐왔었다. 이유는 모르지만 호리는 이 상자를 매우 애지중지했다.

　호선은 이 상자에 호기심을 느끼고는 있었으나 몰래 훔쳐보고 싶을 정도는 아니었다. 지금은 단지 지필묵이 필요해서 상자를 여는 것이다.

　상자 안에는 과연 지필묵이 들어 있었다. 호리의 단정한 성격을 말해주듯 차곡차곡 잘 정리되어 있었다.

　호선은 호리가 사용하는 작은 서궤(書几)를 침상 위에 놓고 그 위에 지필묵을 펼쳐 놓았다.

　그리고는 나무상자를 한옆에 치워놓으려다가 갑자기 뚝 동작을 멈추었다.

　지필묵을 꺼낸 나무상자 아래쪽에 잘 접힌 종이가 차곡차곡 쌓여 있는 것을 발견했기 때문이었다.

　그것은 일견하기에도 서찰 더미가 분명했다. 총명한 호선은 그것이 호리의 사매인 조연지가 몇 년 동안에 걸쳐서 보낸 서찰일 것이라고 추측했다.

　하지만 호선은 관심이 없는 듯 나무상자를 벽 쪽으로 밀어놓고 침상에 올라와 서궤 앞에 앉았다.

　먹을 다 갈고 종이를 펼친 후 붓에 먹을 찍어 들다가 뚝 멈추고는 나무상자를 쳐다보았다.

그러다가 침상에서 내려와 나무상자 옆 벽에 기대어 앉아 상자 안에서 수북한 종이 뭉치를 꺼냈다.

그녀가 짐작한 대로 그것은 호리의 사매 연지가 보낸 서찰이었다.

호선은 한 장의 서찰을 집어 들어 펼쳤다.

첫 줄에 수려한 글씨체로 쓴 글이 눈에 들어왔다.

사형, 읽어보세요.

호리는 수련실을 나와 어기적거리면서 방 쪽으로 걸어갔다.

척!

호선의 방문을 열고 실내를 들여다보자 그녀는 침상에 반듯한 자세로 누워 잠들어 있었다.

그는 방에 들어가 열려 있는 창을 닫고 이불을 펼쳐 호선에게 덮어주었다.

그리고는 침상 옆에 서서 잠시 동안 물끄러미 그녀의 얼굴을 굽어보았다.

더없이 아름다운 소녀의 모습이 거기에 있었다.

호리도 호선이 아름답다는 것을 인정한다.

하지만 그는 호선의 미모와 육체보다는 그녀의 마음에, 그리고 자신이 그녀와 맺게 된 인연에 더 끌렸다.

호리에게 있어서의 호선은 천하에 단 하나밖에 없는 특별한 사람이었다.

탁!

호리가 방문을 닫고 나가자 호선의 눈이 사르르 떠졌다.

그녀는 닫힌 방문을 향해서 잠시 동안 눈길을 던진 후 이불에서 두 손을 빼내어 가슴 위에 모으고는 가만히 천장을 바라보았다.

그녀는 호리의 나무상자 속에 있던 서찰을 모두 읽고 조금 전에 방에 들어와 누웠다.

잠은 오지 않았지만 이것저것 생각이 많아 침상에 누워 있다가 호리의 발자국 소리를 듣고는 자신도 모르게 깜짝 놀라서 눈을 감은 것이다.

호리는 언제부터인가 자기 전에 꼭 호선의 방을 둘러보는 습관이 생겼다.

혹시 호선이 갑작스럽게 혼절을 하지 않았을까 염려하는 것이기도 하고, 잠버릇이 사나운 호선의 이불을 덮어주고 열어놓은 창을 닫아주는 정도의 자질구레한 뒤치다꺼리를 하기 위해서였다.

서찰을 읽고 난 호선의 마음은 싱숭생숭했다. 호리의 사매가 보낸 편지에는 뭐라고 설명하기 어려운 구구절절한 정이 듬뿍 담겨 있었다.

사실 호선은 서찰을 읽고 있는 도중에도 몇 번이나 그만두려고 했었다.

읽고 있자니 자신도 모르는 사이에 활활 질투의 불길이 솟구쳤기 때문이었다.

그러다가는 자신에게도 이런 면이 있었나 싶어 깜짝깜짝 놀라기도 했었다.

결국 그녀는 서찰을 끝까지 다 읽었다.

연지의 서찰은 하나같이 호리를 그리워하고 객지에 나가 있는 호리를 염려하는 내용으로 가득 차 있었다.

그것만으로도 연지라는 소녀가 호리를 얼마나 사랑하고 있는지 생생하게 느낄 수 있었다.

하지만 그녀의 서찰에는 직접적으로 자신의 사랑을 표현하는 내용은 한 구절도 들어 있지 않았다.

연지는 자신이 호리를 사랑하고 있다는 뜻을 간접적으로 서찰 가득 적었지만, 실제로 사랑한다느니 좋아한다는 글은 일체 적지 않았다.

나무상자 안에는 미처 보내지 못한 호리의 서찰도 한 통 들어 있었다.

호선이 연지의 서찰을 읽고 질투를 느꼈다면, 호리의 서찰을 읽고서는 마음이 많이 가라앉았다.

그가 쓴 서찰에는 사형이라기보다는 오라비로서, 그리고 아들로서 사매와 사부를 걱정하고 그리워하는 내용이 그리 길지 않게 적혀 있었던 것이다.

그래서 호선은 안심했다.

사매 연지가 호리에게 연모하는 마음을 깊이 품고 있기는 하지만, 호리는 그녀를 누이동생으로 생각한다는 사실을 알게 되었기 때문이다.

평소에 호리가 자기 전에 호선의 방에 들를 때면, 그녀는 언제나 자고 있었다.

아니, 자는 체했다. 깨어 있다가 호리와 이런저런 대화를 나누는 것도 좋지만, 잠든 것처럼 눈을 감고서 호리가 토닥토닥 이불을 덮어주고 창을 닫아주는 등 세심한 배려를 해주는 것을 음미하는 쪽이 더 좋았기 때문이다.

자신이 누군가의 보호와 관심을 받고 있다는 느낌은 뭐라고 형언키 어려운 훈훈함이었다.

그러나 그것보다 호선이 더 좋아하는 것은, 호리가 방을 나가기 전에 잠시 동안 침상 옆에 서서 호선 자신을 물끄러미 굽어봐 주는 것이었다.

눈을 뜰 수가 없어서 그럴 때의 호리가 어떤 표정을 짓고 있는지는 알 수가 없었다.

하지만 필경 그 특유의 싱그러운 미소를 머금고 있을 것이라고 나름대로 짐작하며 심장이 녹아버리는 것처럼 훈훈해하다가 이내 잠이 들곤 하는 호선이었다.

호선은 몸을 뒤척이지도 않고 호리가 이불을 덮어준 그대로 조금씩 잠 속에 빠져들었다.

그녀의 입가에는 잔잔한 행복의 미소가 떠올라 있었다.

자신의 방에 들어선 호리는 가볍게 안색이 변했다.

짙은 묵향이 실내 가득 풍기고 있었던 것이다.

그윽한 송향(松香)은 호리가 사용하는 소나무로 만든 먹의 향기였다.

호리는 자신이 없는 동안 호선이 이 방에서 자신의 지필묵을 사용했을 것이라고 생각하며 실내를 둘러보던 중에 문득 침상 위 한복판에 놓여 있는 한 권의 책자를 발견하고는 집어 들었다.

그는 벽에 걸린 유등에 불을 켜고 책자를 살펴보았다.

그것은 책자라고까지 할 모양새가 아니었다. 겉표지도 없었으며, 그저 삼십여 장의 종이에 구멍을 뚫어 노끈으로 묶은 정도였다.

팔락!

첫 장을 펼쳤다.

아직 완전하게 마르지 않은 깨알 같은 글씨와 함께 묵향이 훅 끼쳐 왔다.
호리의 눈길이 첫 줄로 향해 글을 읽어 내려갔다.
그러나 그는 곧 고개를 갸웃거리면서 다시 첫 줄의 맨 위부터 읽기 시작했다.

元廣矣大矣 以言乎遠則不禦 以言乎邇則靜而正 以言乎天地之間則備矣.

그렇게 첫 줄만 열 번 이상 읽었는데에도 무슨 뜻인지 애매하기 짝이 없었다.
아니, 글 그대로 뜻풀이를 하자면 못할 것도 없었다.

일원의 작용은 넓고도 크다. 움직여서 한 점에 응집하기도 하다가 또한 무한히 퍼져 나간다. 그러므로 천지간에 막힘이 없다.

일단은 그런 뜻인 것 같은데, 그렇게 대충 이해를 하자니 영 개운치가 않았다.
무언가 깊은 뜻이 있을 것이 분명한데 그게 무엇인지 아무리 궁리해 봐도 알아낼 수가 없었다.

호리는 다음 줄로 시선을 주었다가 이내 다시 첫 줄을 읽기 시작했다.

그는 무엇이든 계단을 밟아 올라가듯 순서대로 차근차근 진행하는 것을 좋아한다.

처음을 이해하지 못한 채 다음으로 넘어가는 것은 그에겐 있을 수도 없는 일이었다.

그것은 사부 조항유가 제자에게 심어준 좋은 습관 중에 한 가지였다.

그렇게 그는 밤새 호선이 적었을 것이라고 짐작되는 책자를 붙잡고 씨름을 했다.

第三十八章
역학(易學)

一擲賭
乾坤

호리의 두 눈이 붉게 충혈되어 있었다.

 밤새 한숨도 못 자서가 아니라 밤새도록 뚫어지게 한 문장만을 쏘아보면서 골몰했기 때문이었다.

 그는 동이 트기 전부터 수도 없이 방을 들락거리면서 호선의 방의 기척을 살폈다.

 호리와 철웅, 은초는 갑시(甲時:새벽 5시)만 되면 자리를 털고 일어나서 운공을 하고 새벽 수련을 하는 등 바쁘게 오가지만, 호선만은 예외였다.

 그녀는 언제나 해가 중천에 뜬 사시(巳時:오전 10시)나 돼서야 부스스 일어나, 철웅이 차려주는 늦은 아침을 먹고 나서 하루의 일과를 시작한다.

그녀의 하루 일과라고 해봤자 별다른 게 없다. 어슬렁거리면서 호리궁 내부를 오가거나, 철웅과 은초의 수련 과정을 잠깐 봐준다거나, 아니면 자신의 방에서 술병을 껴안고 있는 것이 전부였다.

그런 호선이 오늘이라고 무에 다르겠는가.

호리가 그녀의 방문에 귀를 기울여 기척을 살피니 새근새근 곤히 자는 숨소리가 들려왔다.

진시(辰時:아침 8시)가 훌쩍 넘었는데도 한잠 깊이 잠들은 것이 분명했다.

호리는 지난번에 검풍을 수련할 때에도 호선이 한 번 가르쳐 준 이치를 스스로 깨달아 검린과 검풍을 터득해 냈었지만, 이것은 그때와는 사뭇 달랐다.

호리는 호선이 침상에 놔둔 책자의 첫 줄을 그때까지도 이해하지 못한 상태였다.

그는 책자의 내용이 검풍을 수련하는 것과는 많이 다르다고 생각했다.

동작을 우선으로 하는 검풍은 여러 번 시행착오를 거치면서 점차 발전을 할 수가 있었다.

그런데 책자의 내용은 아예 처음부터 모르는 것이라서 어찌해 볼 도리가 없었다.

문제는 호리가 학식이나 지식이 그다지 풍부하지 않다는 사실에 있었다.

그는 사부의 부인인 소선아에게 틈틈이 글을 배워 서책을 읽는 데 큰 어려움이 없을 정도의 수준이었다.

호리는 첫 문장에 대해서 호선에게 물으려는 것을 뒤로 미루고 자신의 방으로 들어가 들고 있던 책을 내려놓고는 운공을 시작했다.

지금으로선 궁금증을 푸는 것은 호선이 일어난 후로 미룰 수밖에 없었다.

아무리 바빠도 실을 바늘허리에 묶어서는 사용할 수 없지 않겠는가.

호리는 세 차례 연이어 운공을 한 후에 눈을 뜨자마자 바로 앞에 호선이 책상다리로 앉아서 자신을 빤히 바라보고 있는 것을 발견했지만 별로 놀라지 않았다.

"술이 없어."

호선이 마치 여태껏 호리와 대화를 하고 있던 중에 문득 생각이 난 것처럼 자연스럽게 말했다.

호선이 말하는 술은 물론 황주를 가리킨다. 전에 샀던 아흔 아홉 항아리의 황주는 어느덧 다 마셨다.

아홉 항아리 정도를 호리와 철웅, 은초가 마셨다고 해도 호선 혼자 아흔 항아리를 죄다 마셔 버린 것이다.

호선은 말 그대로 두주불사(斗酒不辭)다. 그렇다고 공력으로 취기를 몰아내는 것도 아니다.

그런데도 호리들은 그녀가 아무리 술을 많이 마셔도 취하는 것을 한 번도 본 적이 없었다.

그렇지만 그녀는 술 중독이 아니다. 오히려 술맛을 알고, 취기가 오르면 제법 시도 읊조릴 줄을 알며, 실수도 하지 않으니 진정한 술꾼이라고 해야 옳았다.

"마을에 도착하면 사줄게."

"알았어."

호선은 고개를 끄덕이고는 침상 아래로 내려가며 호리의 손을 잡아끌었다.

"아직 밥 안 먹었지? 나하고 먹자."

그녀는 호리의 대답도 들어보지 않고 전음통의 뚜껑을 열고 그곳에 입을 갖다 대며 낮게 외쳤다.

"철웅! 어서 밥 차려라!"

호선은 언제나 그런 식이었다.

그녀는 해가 중천에 뜬 다음에 일어나서도 꼭 철웅더러 밥을 차리라고 시켰다.

철웅이 배를 몰고 있는 중이든 수련을 하든, 무엇을 하고 있든 상관하지 않았다.

그럼 철웅은 미리 대기하고 있었던 것처럼 즉시 일손을 놓고는 호선의 식사를 차려주었다.

배를 몰던 중이었다고 해도 은초를 불러 타기를 맡기고 곧바로 달려 내려왔다.

처음 얼마 동안 철웅과 은초는 호선이 무서웠기 때문에 그녀의 말을 꼬박꼬박 들었지만, 지금은 자발적으로 그녀의 시중을 들고 있었다.

왜냐하면 그녀를 친구이자 자신들의 사부 정도로 여기고 있기 때문이었다.

"알았으니까 잠깐만 기다려! 이 부근에 고깃배들이 너무 많아서 은초에게 맡길 수가 없을 것 같아!"

"난 오래 못 기다리는 거 알지?"

"알고 있어! 금방 내려갈게!"

하지만 철웅은 금방 내려오지 못했다.

예로부터 낙수는 크고 넓으며 물이 맑아서 갖가지 물고기들이 무진장으로 많았다.

그래서 강이 꽁꽁 얼어붙는 한겨울을 제외하곤 낙수 전 지역이 언제나 고깃배들로 성황을 이루었다.

초겨울인 지금도 예외는 아니어서 강상에는 크고 작은 고깃배들이 빼곡했다.

호리궁을 능수능란하게 다루는 철웅이지만, 잠깐 한눈을 팔면 고깃배 몇 척쯤 박살 내는 것은 일도 아닐 것 같았다.

지금 같은 상황에서 호리궁을 제대로 몰 수 있는 사람은 호리와 철웅뿐이다.

그렇다고 철웅에게 식사를 차리게 하기 위해서 호리가 대신 타기를 잡는다는 것도 우스운 일이었다.

"배고파."

호선은 탁자 앞에 앉아서 네 개의 손가락으로 탁자를 도르륵 도르륵 두드리며 투덜거렸다.

그녀는 큰일에는 대범하고 현명하지만, 자잘한 일에는 참을성이 별로 없으며 성격이 급한 편이었다.

배고프면 즉시 밥을 먹어야 하고, 졸리면 쓰러져서 자야 하며, 목욕을 했으면 좋겠다는 생각이 들면 그 즉시 호리를 들볶아 목욕 시중을 들게 했다.

지금, 호리는 자신이 식사를 차릴 수도 있지만 일부러 잠자코 가만히 앉아 있었다.

자고로 목마른 사람이 먼저 제 스스로 우물을 파는 법이다. 호선이 정말로 배가 고파서 못 견딜 지경이 되면, 제 손으로 뭐라도 하지 않을까 호리는 작은 기대를 하면서 지켜보고 있는 중이었다.

호리궁의 네 사람 중에서 전직 주방장이었던 철웅의 요리 솜씨가 단연 으뜸이다.

호리궁에서의 요리 담당은 철웅이라서 호선은 언제나 그가 만든 요리만 먹었다.

호리나 은초는 요리를 한 적이 없지만, 설혹 만든다고 해도 아마 호선은 먹지 않을 터이다.

그녀의 입맛은 몹시 까다로운데, 그동안 철웅이 온갖 구박을 받아가면서 겨우 그녀의 입맛을 맞춰놓은 상태였다.

그런데 호선은 지금 너무 배가 고파서 호리라도 식사를 차려주기를 바라는 지경까지 이르렀다.

하지만 호리는 무슨 생각을 하는지 약간 고개를 숙인 채 꼼짝도 하지 않다가 이윽고 조용히 호선을 불렀다.

"호선아."

"응?"

호리가 밥을 차려줄지도 모른다고 생각한 호선은 얼굴 가득 몹시 배고픈 표정을 떠올리고는, 더구나 몸에 힘이 하나도 없는 자세를 취했다.

"여자가 언제 가장 아름다운지 알고 있니?"

"……"

뜬금없는 말에 호선은 의아한 표정을 지었다.

"바느질을 할 때와 요리를 할 때야."

"……."

둘 다 호선이 못하는 것이었다. 기억나지는 않지만, 그녀는 자신이 평생 바느질과 요리를 해본 적이 없을 것이라고 확신할 수 있었다.

호리는 호선에게서 시선을 거두고 맞은편 열려 있는 창밖을 바라보며 말을 이었다.

"그리고 천하에서 가장 행복한 남자는, 사랑하는 여자가 정성껏 지어준 옷을 입고, 또한 그녀가 사랑을 듬뿍 담아서 만든 요리를 먹는 남자일 거야."

문득 호선은 호리의 얼굴에 꿈을 꾸듯 아련한 표정이 떠오른 것을 발견했다.

그래서 그녀는 방금 호리가 말한 것이 그 자신의 꿈이라는 사실을 깨달았다.

호리는 사부와 사매를 만나면 평화롭고 한적한 시골마을에 작은 무도관을 차려놓고 오순도순 사는 것이 꿈이라고 입버릇처럼 말했었다.

처음에는 그러려니 귓등으로 듣고 흘렸었는데, 호선은 점차 그곳에 자신도 끼어 있었으면… 하고 바라게 되었다가, 이제는 당연히 자신도 그곳의 일원이 될 것이라고 철석같이 확신하고 있었다.

호선은 어제 호리의 비밀 하나를 알게 됐다. 그는 사매 연지를 사랑하지 않으며, 단지 누이동생으로 생각하는 것이 분명하다는 사실이었다.

그래서 호선은 어젯밤 내내 장차 호리와 함께 알콩달콩 살게 될 미래를 설계하느라 시간이 모자랄 지경이었다.

오죽했으면 그동안 꾸지도 않던 꿈까지 꾸었다. 쑥스러운 일이지만, 꿈속에서 호선은 호리의 아이들을 열 명이나 낳아 대가족을 이루고 손자 손녀들이 혼인하는 것까지 보면서 무병장수했다.

호리는 힐끗 호선을 쳐다보고는 엷은 미소를 머금으며 말을 이었다.

"너도 여자인데, 장차 사랑하는 남자가 생기면 그에게 좋은 옷을 지어주고 맛있는 요리를 해줘야 하지 않겠니?"

호선은 약간 고개를 숙인 채 무언가를 곰곰이 생각하는 모습이었다.

주먹을 꼭 쥐고 입술을 잘근잘근 깨무는 표정이 마치 무엇인가를 결심하는 듯했다.

호선의 견딜 수 없는 배고픔은 이미 저만치 달아나 버리고 없었다.

철웅은 끝내 호리와 호선에게 밥상을 차려줄 시간을 내지 못했다.

강상에 고깃배들이 파리 떼처럼 많아서 잠시도 틈을 낼 수 없었기 때문이다.

결국 호리가 타기를 잡은 사이에 철웅이 식사를 준비하고, 이후 호리궁을 강가에 정박시켜 놓고 네 사람이 모두 둘러앉아 식사를 한 시각은 오시(午時:정오)였다. 점심식사를 하게 된 것이었다.

그런데도 호선은 어찌 된 일인지 불평 한마디 하지 않고 깊은 생각에 잠긴 듯한 모습으로 묵묵히 식사만 해서 철웅과 은초를 조마조마하게 만들었다.

그러나 그녀가 그러는 이유를 알고 있는 호리는 남몰래 엷은 미소를 지었다.

"내가 잘못 들은 거 아냐? 지금 호선이 요리를 배우고 싶다고 말한 거야?"

"그래. 가르쳐 줄 수 있어?"

점심식사를 끝낸 후 호리가 타기를 잡은 사이에 호선이 철웅을 자신의 방으로 끌고 들어가서 시작된 대화였다.

"가르쳐 줄 수야 있지만……."

철웅은 호선의 심중을 헤아리려는 듯 퉁방울 같은 눈을 끔뻑거렸다.

그의 말처럼 호선에게 요리를 가르치는 것은 어렵지 않은 일이었다.

 하지만 호선이 왜 느닷없이 이러는 것인지 의도를 알 수 없어서 답답했다.

 또 요리를 가르치는 과정에서 얼마나 괴롭힘을 당하게 될는지 불안하기도 했다.

 철웅의 그런 마음을 헤아린 호선이 그가 절대 거절할 수 없는 조건을 제시했다.

 "요리를 가르쳐 주면, 지금 네가 배우고 있는 도법보다 훨씬 강한 도법을 가르쳐 줄게."

 순간 철웅은 흑! 하고 숨을 멈추었다. 너무 흥분해서 숨을 쉴 수가 없었다.

 "싫어?"

 그가 눈을 크게 뜨고 가만히 있는 것을 보고 만족하지 않는 것으로 착각한 호선은 그 조건에 덤 하나를 얹었다.

 "거기에다 공력을 속성으로 증진시킬 수 있는 심법, 아니, 신공구결을 전수해 줄게."

 "끅!"

 한동안 호흡을 멈추고 있어서 숨이 막혔던 철웅은 막 숨을 쉬려다가 다시 숨을 멈출 수밖에 없었다.

 "왜 그래?"

 철웅이 상체를 꼿꼿하게 세운 채 눈을 부릅뜨고 두 손으로 자신의 목을 부여잡자 호선이 의아한 얼굴로 물었다.

"끄으으……."

철웅은 고개를 절레절레 저을 뿐 말을 하지 못했다.

파파파곽!

어찌 된 일인지 간파한 호선이 손가락을 세워 번개같이 철웅의 턱 밑과 어깨의 세 군데 혈도를 찍었다.

"푸아아!"

순간 철웅은 둑이 터진 것처럼 긴 숨을 토해냈다. 두 번의 놀라운 충격이 잠시 동안 호흡장애를 일으켰던 것이다.

"말해봐. 요리를 가르쳐 줄 거야?"

호선이 다그쳐 묻자 철웅은 잠시 호흡을 고르더니 이윽고 손가락 하나를 세웠다.

"한 가지 조건이 있어."

"네가 감히!"

호선이 발끈하자 철웅은 그럴 줄 알았다는 듯 고개를 설레설레 가로저으며 방을 나가려고 했다.

"그럼 그만둬."

"아, 아냐! 말해봐! 조건이 뭐지?"

호선이 급히 철웅의 옷자락을 붙잡았다. 그녀가 철웅에게 이렇게 저자세였던 적은 이번이 처음이다.

지금 그녀의 머릿속에는 자신이 만든 옷을 입고, 자신이 만든 근사한 요리를 먹으면서 칭찬에 칭찬을 거듭하는 호리의 모습이 가득 담겨 있었다.

호선보다 머리 두 개 정도는 더 큰 철웅은 그녀를 굽어보며 조용히 대답했다.

"무공을 가르칠 때에는 호선이 사부지만, 요리를 가르칠 때에는 내가 사부야."

"그런데?"

"제자는 사부의 말에 절대 복종하기."

"……."

"싫으면 관두고."

"조… 좋아. 그렇게 하지."

"그럼 내일부터 시작하자."

결국 호리가 호선에게 책자에 대해서 물어볼 시간이 난 것은 해가 뉘엿뉘엿 지기 시작할 무렵이 되어서였다.

"나도 몰라. 그냥 갑자기 생각이 나서 적어본 거야."

책자에 적힌 내용이 무엇이냐는 호리의 물음에 돌아온 호선의 대답은 뜻밖에 실망스러운 것이었다.

"그랬구나."

호리는 씁쓸하게 고개를 끄덕였다. 호선이 그냥 적어본 글을 붙잡고 밤새도록 씨름을 했다고 생각하니 어이없는 한숨이 흘러나왔다.

"그런데……."

호선이 생각에 잠긴 듯한 표정으로 다시 말문을 열었다.

"내 느낌으로는 무공 구결인 것 같아."

순간 호리의 귀가 쫑긋했다.

"그럼 한 번 펼쳐 봐."

호선은 곰곰이 생각하는 듯하다가 고개를 가로저었다.

"못해."

"어째서?"

"잘 모르겠어. 그렇지만 못할 것 같아."

호리는 그녀의 말이 이해가 되지 않았다. 무공 구결인 것 같다면서, 그리고 불현듯 생각이 나서 적었다면서 어째서 동작으로는 전개하지 못한다는 것인가.

호리는 책자의 첫 장을 펼치면서 약간 얼굴을 붉혔다.

"그런데 이게 무슨 뜻인지 통 모르겠어."

호선은 첫 장의 글을 잠시 동안 지켜보더니 대수롭지 않다는 듯 입을 열었다.

"일원(一元)이 태극(太極)을 말하는 것은 알지?"

당연히 알고 있을 것이라 여기는 질문이었다.

"아니, 몰라."

그러나 호리는 고개를 저었다.

호선은 말도 안 된다는 표정으로 물었다.

"태극이 우주만물의 근원이라는 사실을 모른다는 거야?"

"응."

호리의 얼굴이 부끄러움으로 빨개졌다. 하지만 부끄럽다고 거짓말을 하지는 않았다.

그리고 호선은 더 이상 놀라지도, 호들갑을 떨지도 않았다.

다른 사람 같았으면 무식하다고 냉소를 치며 상대도 하지 않았겠지만, 지금 그녀하고 마주 앉은 사람은 호리였다.

"일원은 곧 태극이고, 태극에서 음양(陰陽)이, 음양에서 사상(四相)이, 사상에서 오행(五行)이, 그리고 육합(六合), 칠적(七赤), 팔괘(八卦), 구궁(九宮)이 파생되어 나왔어."

호리는 난생처음 듣는 내용에 흥미를 느끼고 호선의 다음 말을 기다렸다.

호선은 호리가 들고 있는 책자를 가리켰다.

"아마 이것의 내용은 역(易)에 중점을 둔 것 같아."

"역?"

"들어봤어?"

호리는 고개를 가로저었다.

"아니."

서책을 읽는 데 불편함이 없을 정도로만 글을 깨우친 그가 전문서적 같은 것을 읽어봤을 리 만무했다.

역학(易學) 121

"역을 알기 위해서는 역서(易書)들을 두루 읽고 통달해야 하는데, 유명한 역서로는 주(周)나라 때 지어진 주역(周易)과 그전의 하(夏)나라 때의 연산역(連山易), 은(殷)나라의 귀장역(歸藏易)이 있어."

역시 호리로서는 처음 들어보는 책 제목이었다.

"그런 것들을 알지 못하면 이 책을 이해할 수 없는 것인가?"

"아마 그럴 거야."

호리는 크고 높은 벽 앞에 서 있는 느낌이 들었다.

그는 이 책자에 대해서 호기심을 느끼는 한편 가슴이 답답함도 느꼈다.

자신이 너무 무식한 것 같았고, 또 여태껏 제대로 읽은 책 한 권 변변하게 없었다는 생각이 들자 기분이 서글퍼졌다.

책자의 내용을 이해하는 것을 포기해야 할까, 라고 생각하면서 그는 책을 굽어보았다.

호선은 책의 내용이 무공 구결일 것이라고 말했다. 그녀가 그렇게 말했다면 책에 적혀 있는 내용은 분명히 무공 구결일 것이다.

호리는 그것을 배우고 싶었다.

요즘의 그는 오직 두 가지만을 생각하면서 하루하루를 보내고 있다.

하나는 사매 연지와 사부에 대한 염려이고, 또 하나는 무공 연마이다.

그는 하루의 거의 대부분을 무공 연마로 보내고, 그러는 틈틈이 사매와 사부를 생각했다.

그는 자신이 얼마나 강해졌는지 잘 모르지만 지금보다 더 강해지기를 원했다.

아니, 강해지려는 것보다는 무공을 배우면 배울수록 끊임없이 갈증이 생겼다.

무엇인가 부족했다. 머리가 맑아지고 가슴이 뻥 뚫리는 그런 무공을 배우고 싶은 것이다.

"호리."

호리가 책자의 무공에 대해서 목말라하고 있을 때 호선이 조용히 입을 열었다.

평소와는 달리 진중하고 차분한 모습이었다.

"천하 모든 무공의 바탕에는 학문이 깔려 있어."

그런 사실을 호리는 조금 전부터 느끼고 있는 중이었다.

"아무리 하찮은 삼류무공이라고 해도 우주와 삼라만상, 그리고 대자연에 근본을 두고 있지. 온갖 동물들의 움직임, 바람과 물과 불, 그리고 태양과 달, 별들의 이동, 힘과 근원, 상호작용 같은 비밀스러운 것들을 학문으로 연구하고 그다음에 무공으로 발전시키는 것이지."

호리는 가볍게 고개를 끄덕였다. 그가 사부로부터 배운 백조비무격만 하더라도 백 종류의 새들의 움직임을 바탕으로 창안한 권각술이다.

그렇지만 호리는 백조비무격을 책자로 본 적이 없고 사부 조항유에게 동작으로 배웠다. 그러니 구결을 모른다.

조항유도 백조비무격의 권각서(拳脚書)를 본 적이 없다. 그 역시 그의 사부에게 그런 식으로 배웠기 때문이다.

아니, 그에게 무공을 가르쳐 준 사람은 사부라기보다는 시골 현의 무도관의 사범이었다.

그 사범은 조항유를 기억하지 못할 것이다. 그래도 조항유는 그의 슬하를 떠난 후에도 누군가에게 자신의 사문에 대해서 얘기할 때에는 반드시 그 무도관을, 사부는 그 사범을 꼽는 것을 주저하지 않았었다.

그런 식으로 따지자면, 그 사범에게는 수백 명의 제자들이 있는 셈이었다.

호리는 그저 어렸을 때부터 사부가 가르쳐 주는 동작을 보고 부지런히 따라 배웠을 뿐이었다.

사부는 백조비무격에 구결이 있다든가 권각서가 있다는 말은 한 적이 없었다.

그래서 호리는 조금 전까지만 해도 백조비무격은 동작만으로 전해지는 무공이라고 생각했었다. 아니, 권각서 같은 것이 있을 리 만무라고 여겼다.

그런데 호선의 말을 들어보니 백조비무격이 최초에 창안되었을 때에는 필경 그 구결들을 상세히 수록한 권각서가 있었을 것이라는 생각이 들었다.

"같은 무공이라도 구결을 기록한 책자를 보면서 배우는 것과 동작만을 따라서 배우는 것은 차이가 있겠군."

호리의 작은 깨달음에 호선이 고개를 끄덕였다.

"물론이지. 어떤 무공의 전체를 십(十)이라고 한다면, 동작만을 배우는 것은 오(五). 구결과 함께 배우는 것은 칠(七)의 진전을 이룰 수 있어."

호리는 의아한 표정을 지었다.

"구결을 보고 이해하면서 동작을 병행하는데 어째서 십이 아니고 칠뿐이지?"

호선은 막힘없이 대답해 주었다.

"예를 들어 호랑이의 움직임을 연구해서 창안한 권법이 있어. 동작만을 보고 배우면 오. 권각서를 병행하면 칠. 호랑이를 직접 보면서 터득한다면 십이라고 할 수 있지."

"그렇군."

호리는 고개를 크게 끄덕였다. 호랑이의 움직임을 제아무리 자세히 기록한 책자라고 해도 호랑이를 직접 보는 것만은 못할 터이다.

"그럼 바람이나 물, 불, 산, 강 따위의 자연이나 태양, 달, 별 같은 삼라만상에 기초를 둔 무공을 십성(十成)하려면 어떻게 해야 하지?"

"깨우침이야."

호선의 대답은 의외로 간단했다.

호리는 잠시 생각하는 듯하다가 고개를 끄덕였다.

"그렇군."

그러면서 그는 자신이 여태껏 얼마나 우매하고 열등한 방법으로 무공을 연마하고 있었는지 깨닫게 되어 착잡하기 이를 데 없었다.

십삼 년 동안 백조비무격을 배우면서도 권각서는 본 적도 없을뿐더러, 그 권각법에 등장하는 새들을 과연 몇 종류나 구경이라도 해봤었는가.

호리가 배운 무공의 뿌리인 소정심법이나 백조비무격은 물론이거니와, 호선에게 배운 봉황등천권이나 비전검법, 청점활비 등도 모두 동작과 구전(口傳)으로 배운 것들이다.

다시 말해 호리는 그 무공들이 원래 지니고 있는 위력의 절반밖에 배우지 못한 것이었다.

아니, 봉황등천권이나 비전검법, 청점활비는 이제 막 배우기 시작했으므로 절반에도 훨씬 못 미칠 터이다.

호리는 우물 안 개구리 같은 자신에 대해서 비참함과 허무

함을 동시에 느꼈다.

호리의 그런 심정은 얼굴에 고스란히 드러났다.

그러나 호선은 그의 심정 따윈 개의치 않고 말을 이었다.

"진정한 무인이 되려면, 또한 강자가 되기 위해서는 무공이 아닌 무학(武學), 그리고 무도(武道)를 탐구해야만 하는 거야. 학문과 도가 바탕이 되지 않는 무공이란 한낱 어릿광대의 우스꽝스러운 몸부림에 지나지 않아."

호리가 이런 것들을 물어보기 전에는 호선도 지금 자신이 말하고 있는 내용들을 까맣게 모르고 있었다.

호리의 물음이 그녀가 지니고 있던 지식의 한 부분을 일깨웠으며, 그 과정에서 위엄과 엄숙함, 냉철함 같은 과거 그녀의 성품마저도 잠시 동안 일깨운 것이다.

"어릿광대……."

호선의 말은 비수가 되어 호리의 심장을 후비어 팠다.

호리는 자세를 똑바로 하고 호선을 응시했다.

"호선, 봉황등천권과 비전검법, 청점활비의 구결을 적어줄 수 있겠어?"

호선은 잠시 생각하다가 고개를 끄덕였다.

"해볼게. 그렇지만 구결이 생각난다고 확신할 수는 없어."

호리는 들고 있는 책자를 내밀어 보였다.

"이것을 이해하려면 역학을 공부해야 한다고?"

"응."
"역학을 알고 있어?"
"아는 것 같아."
"그럼 내게 역학을 가르쳐 줘."
"언제?"
"지금부터."

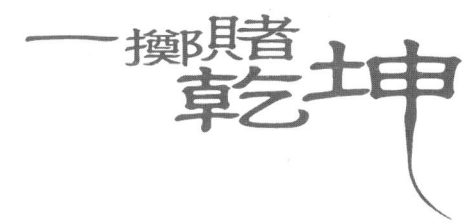

천현 진인은 답답한 마음을 조금이라도 가라앉힐까 싶어서 고즈넉한 산길을 산책하고 있는 중이다.

그가 선황파에 돌아온 지 이틀이 됐고, 마황부주 마랑군이 선황파 문주 백검룡을 기다린 지는 오늘로써 나흘째다.

백검룡은 여전히 폐관도 하지 않으면서 폐관하고 있는 체 마랑군을 만나주지 않았다.

그리고 마랑군은 나흘 동안 우진궁에서 한 발자국도 나오지 않으면서 술만 마시고 있었다.

그리고 백검룡이 사부인 천현 진인을 만나주지 않고 있는 것도 변함이 없었다.

지금으로서는 천현 진인이 할 수 있는 일이라고는 아무것도 없었다. 그런 사실이 답답한 그의 마음을 더욱 착잡하게 만들었다.

선황파 뒤쪽에 자리를 잡고 있는 우림산(羽林山)은 사백 척 높이에 전체 둘레가 오십여 리에 달하는 아담한 크기지만, 산세가 험준하기 짝이 없으며 기암괴석과 절벽. 크고 작은 계류들이 많아서 중원의 여타 거산(巨山)들과는 또 다른 멋들어진 풍광을 자아내고 있다.

우림산은 여러모로 아미산(峨嵋山)과 닮았다고 해서 소아미산(小峨嵋山)으로 불리기도 한다.

선황파를 나와서 아무리 천천히 걸어도 반 시진이면 우림산 정상인 백웅봉(白鷹峰)에 오를 수 있다.

산 아래에서 백웅봉 정상까지는 오랜 세월 사람들이 오르내리면서 자연적으로 생긴 오솔길이 있지만 천현 진인은 그 길로 가지 않았다.

그는 훨씬 호젓하고 경치가 좋은 자신만의 비밀스러운 길을 오래전에 찾아내어 그 길로만 다닌다.

흰 매의 머리를 닮아서 백웅봉이라는 이름이 붙은 산 정상에서 아래를 굽어보노라면, 산 아래 왼편 서북쪽 우거진 기슭 끝에 위치해 있는 선황파와 그 앞쪽에 유유히 흐르는 낙수와 강 양쪽에 펼쳐진 드넓은 평야 지대. 그리고 오른편 하류 쪽에 위치해 있는 번화한 선양현(宣陽縣)의 전경이 고스란히 한눈에 들어온다.

언제 어떤 상황에서든 백응봉 정상에 올라 탁 트인 산하를 굽어보면, 전부는 아니더라도 다소나마 마음이 개운해지고 상쾌했었던 전례가 오늘 깨졌다.

정상 아래의 세상은 예나 변함이 없었지만, 천현 진인의 답답한 마음은 조금도 나아지지 않았다.

그만큼 믿고 있었던 제자 백검룡이 그에게 안겨준 실망감과 충격이 컸다.

"무량수불… 그 아이는 대체 어쩌려는 것인지……."

그의 입에서 자신도 모르게 도호가 흘러나왔다.

낙수 너머 지평선 끝이 석양으로 붉게 물들어 있었다.

천현 진인의 얼굴도, 그의 마음도 붉은색으로 물들었다.

그는 백검룡이 자신에게 실망감과 충격을 안겨주었다는 사실보다도, 왜 진작 자신이 백검룡의 그런 양면성을 간파하지 못했는지를 자책하는 마음이 더 컸다.

나흘 전에 외출에서 돌아오기 전까지만 해도 천현 진인은 백검룡을 선황파의 문주라기보다는 아직도 자신의 품 안의 제자라고 여기고 있었다.

그래서 그가 무슨 실수나 잘못을 하면, 사부의 입장에서 따끔하게 충고나 혼을 낼 수도 있을 것이라고 생각했었다.

그러나 그것은 천현 진인의 커다란 오판이었고 백검룡을 과소평가한 것이었다.

백검룡은 지나치게 커버렸다. 오늘날의 백검룡을 만들어 준 사람은 천현 진인이었지만, 지금 백검룡은 은혜를 원수로 갚고 있었다.

석양 아래의 낙수와 우림산은 너무도 아름다웠다. 원래의 제 색깔을 잃고 하늘과 강과 들판과 산이 온통 붉은 핏빛으로 물들었다.

태양이 중천에 떠 있을 때에는 만물에 고루 햇빛을 비추어 희휘랑요(曦暉朗耀)하지만, 서쪽으로 넘어가면서 석양이 되면 온 천하를 붉게 물들인다.

천현 진인은 아주 잠깐 동안 혹시 백검룡이 지금의 저 석양처럼 천하를 핏빛으로 물들이지 않을까, 하는 전혀 엉뚱한 생각을 해보았다.

그러나 너무 비약적인 생각이라서 그는 곧 고개를 설레설레 가로저었다. 절대 그럴 리가 없었다.

천현 진인은 산하를 굽어봐도 개운해지지 않는 마음을 부여안고 정상에 오래 머물고 싶은 생각이 없었다.

그는 어두워지기 전에 하산해야겠다는 생각에 석양으로부터 시선을 거두었다.

"……!"

그 순간 그는 산 아래 숲 속에서 무엇인가 작게 반짝이는 것을 발견했다.

수없이 보아온 눈에 익은 반짝임(射光)이었다.

'검!'

바로 석양빛이 검에 부딪쳐서 반사되는 반짝임이었던 것이다.

천현 진인은 즉시 그 자리에 최대한 자세를 낮춘 후, 안력을 돋우어 다시 조심스럽게 산 아래 숲을 쏘아보았다.

석양의 날카로운 빛을 마주 대한 상태지만 공력이 이 갑자 반 백오십 년에 달하는 그의 안목에서 벗어날 수 있는 것은 그리 흔하지 않았다.

방금 전에 반짝이던 빛은 어깨에 메고 있는 검의 하늘로 향해 있는 부분인 검의 손잡이 끝, 즉 검수(劍首)가 석양에 반사된 것이었다.

그런데 그 빛의 주위에서 몇 자루의 도검들이 반짝이는 것이 더 발견됐다.

그리고 그 도검을 어깨에 멘 채 웅크리고 있는 무림고수들의 모습도 보였다.

수북이 눈 쌓인 숲 속의 굵은 나무와 바위 뒤에 감쪽같이 몸을 숨기고 있는 자들.

그들을 가리고 있는 엄폐물들은 모두 선황파 쪽을 향하고 있었다.

선황파 방향에서는 그들의 모습이 전혀 보이지 않을 테지만, 배후인 백웅봉 정상에서는 한눈에 내려다보였다.

천현 진인의 눈길이 그들이 숨어 있는 곳 주변을 빠르고도 날카롭게 살폈다.

그리고 몸을 감추고 있는 자들이 그곳에만 있는 것이 아니라는 사실을 깨달았다.

정체를 알 수 없는 괴한들은 놀랍게도 산 아래 숲 전역에 걸쳐서 깔려 있었다.

천현 진인은 그들의 수를 열… 이십… 오십… 백까지 세다가 포기했다.

대충 훑어보기에도 그들의 수는 족히 천 명 이상이었다.

'도대체 저들이 누구기에……'

놀라움을 억제하면서 속으로 중얼거리던 천현 진인은 어느 순간 말끝을 흐렸다.

괴한들이 입고 있는 복장이 눈에 익은 것이다.

'마황부!'

그렇다. 무림오황의 하나인 마황부 고수들, 즉 마황고수들인 것이다.

순간 천현 진인의 머릿속에서 수많은 생각과 예측, 불길한 상상들이 믿어지지 않을 만큼 빠르게 폭죽처럼 명멸했다.

 천현 진인이 오랜 외출에서 선황파에 돌아와 보니 마랑군이 백검룡의 냉대를 받으면서 이틀씩이나 방치된 상태로 있는 중이었다.

 그런데도 백검룡은 말도 되지 않는 폐관을 핑계로 마랑군을 이틀 동안 더 무시했다.

 그 나흘 동안 마랑군은 우진궁에서 한 발자국도 나오지 않은 채 냉대와 무시를 고스란히 참고 견뎠다.

 천현 진인은 그가 왜 그런 고초를 사서 당하는지, 어째서 자리를 박차고 일어나 선황파를 떠나지 않는 것인지 무척 궁금했었다.

 그런데 마랑군은 자신의 심복인 마중십팔혼만을 데리고 온 것이 아니었다.

 마랑군이 우진궁에서 나흘을 보낸 것처럼, 저들 천여 명의 마황고수들도 저 겨울의 찬 숲 속에서 나흘 동안 은신해 있었을 것이다.

 숲 속의 마황고수들을 쏘아보고 있는 천현 진인의 머릿속은 흙탕물처럼 어지러웠다.

 저들이 무엇 때문에 저곳에 은신해 있는 것인지의 가능성은 하나뿐이지만, 천현 진인은 내심 그 사실을 맹렬하게 부정하고 있는 중이었다.

'그럴 리가 없다! 절대 그런 일이 벌어져서는 안 된다! 마랑군은 태성처럼 어리석지 않다!'

천현 진인은 태성, 즉 백검룡이 어리석다는 사실을 나흘 전에야 비로소 알게 되었다.

천현 진인은 마황고수들을 쏘아보고 있지만, 머릿속으로 온갖 예측 가능한 일들을 상상하고 또 부정하느라 그들의 모습이 제대로 눈에 들어오지 않았다.

그때 문득 그는 마황고수들의 모습이 조금 특이하다는 사실을 깨달았다.

뒤통수와 귀를 덮는 얇은 철모의 윗부분에는 반 뼘 길이의 하나의 뾰족한 침이 솟아 있었고, 흡사 박쥐가 날개를 접어 자신의 몸을 감싸고 있는 듯한 허리까지 이르는 먹처럼 검은 견폐(肩蔽:망토)를 두른 모습이었다.

그리고 그 견폐의 등 한복판에 핏빛으로 수놓아져 있는 마신(魔神)의 그림을 발견한 순간 천현 진인의 온몸의 털이 일제히 곤두섰다.

'마신전사(魔神戰士)!'

마황부는 무림오황 중에서 세력이 가장 막강하며 또한 가장 많은 고수들을 거느리고 있다고 알려졌다.

하지만 어느 정도의 세력이고 얼마나 많은 고수들을 보유하고 있는지에 대한 소문은 정확하지가 않다.

그러나 마황부의 실력이 마황부를 제외한 무림오황 중 두 개 파를 합친 정도일 것이라는 사실에 이견을 제시할 무림인은 없을 것이다.

 그리고 마황부의 최고 정예고수가 마신전사라는 사실은 이제 더 이상 무림의 비밀이 아니다.

 한 번도 공개적으로 모습을 드러낸 적이 없다는 마신전사.

 한 번도 실패와 패배, 후퇴를 경험해 본 적이 없다는 무적의 마신전사.

 그런 그들이 지금 천현 진인의 발아래 어스름한 숲 속에 무려 천여 명이나 웅크리고 있는 것이다.

 그들이 마신전사라는 사실을 확인한 순간, 천현 진인은 그럴 리가 없다고 맹렬하게 부인하던 현실을 결국 인정할 수밖에 없었다.

 어떤 방법으로든, 마랑군은 선황파를 괴멸시키기 위해서 온 것이다.

 천현 진인은 조금 전에 백응봉을 올랐던 자신만의 비밀스러운 길을 따라 전력을 다해 산을 쏘아 내려갔다.

 그곳, 우림산의 뒤편에는 마신전사도 마황고수의 모습도 보이지 않았다.

 마신전사들은 선황파가 가장 잘 보이고 또 가까운 곳에 전진배치해 있는 중이었다.

명령이 떨어지면 마신전사들은 백을 세기도 전에 일제히 태풍처럼 선황파에 들이닥칠 것이다.

만약 천현 진인이 오늘 우림산으로 산책을 나오지 않았더라면, 그래서 마신고수들을 발견하지 못했더라면 선황파는 넋을 놓고 있다가 천추의 한을 남기게 될 뻔했다.

아니다. 만약 천현 진인이 선황파에 당도하기도 전에 마신고수들이 행동을 개시한다면 끝장이다.

천현 진인은 아까 나왔던 선황파의 서북쪽 문을 향해 거의 실성한 사람처럼 전력으로 달렸다.

우림산의 산자락이 선황파 서북쪽 문 근처까지 뻗어 있고, 마신전사들이 은신해 있는 곳에서는 서북쪽 문이 보이지 않았기에 천현 진인이 선황파에서 나오는 모습이 발각되지 않았던 것이다.

천현 진인은 선황파로 들어서자마자 곧장 문주의 집무실인 태화각으로 달려갔다.

그런데 언제나 태화각 전문 앞을 지키고 있는 네 명의 신영검수들이 보이지 않았다.

그 대신 선황파의 일급검수, 즉 선황일검수(仙皇一劍帥) 네 명이 그 자리를 지키고 있었다.

문주의 그림자인 신영검수들이 보이지 않는다는 것은, 태화각에 문주가 없다는 뜻이다.

"문주는 안에 계시느냐?"

천현 진인이 전문을 향해 달려가면서 묻자 선황일검수 중 상급자가 놀란 표정으로 황망하게 대답했다.

"문주께선 출관하신 직후 곧장 손님을 접대하러 진현궁(陳玄宮)으로 가셨습니다."

이들마저도 백검룡이 폐관 중이었다고 알고 있었다.

'아뿔사!'

천현 진인의 안색이 해쓱하게 변했다.

무당파나 선황파에서 귀빈을 접대하는 곳은 우진궁이다. 그래서 여태껏 마랑군을 우진궁에 묵게 한 것이다.

그런데 진현궁이라니…….

진현(陳玄)은 먹(墨)의 다른 이름이다. 즉, '암흑'이나 '절망'의 은유적인 표현이기도 하다.

진현궁의 겉모습은 일반 전각과 조금도 다를 바가 없지만, 사실은 만일의 사태에 대비하여 축조된 정밀한 기관 장치의 뇌옥(牢獄)이었다.

진현궁 한복판에 있는 접객실은 사방과 바닥, 천장이 반 장 두께의 무쇠로 지어져서 일단 안에 갇히면 밖에서 열어주기 전에는 절대 나올 수가 없다.

그런데 백검룡이 손님을 접대하러 바로 그 진현궁으로 갔다는 것이다.

물론 그 손님은 마랑군일 것이다.

마랑군이 선황파를 방문했다는 사실은 몇몇 중요한 지위에 있는 인물들을 제외하고는 아직 아무도 모른다.

그때 맞은편에서 지현, 인현 진인 두 사람이 천현 진인을 향해 빠르게 걸어오고 있었다.

"사형! 어딜 가셨다가 이리 늦으셨습니까?"

인현 진인이 책망하듯 묻자 천현 진인은 진현궁이 있는 방향으로 신형을 날렸다.

"따라오게!"

지현, 인현 진인은 영문도 모른 채 급히 천현 진인의 뒤를 바짝 따랐다. 그의 심각한 표정에서 무언가 심상치 않음을 직감한 것이다.

"무슨 일입니까, 사형?"

"문주가 마랑군을 진현궁에 가두려는 것을 무슨 수를 써서라도 막아야 하네."

지현 진인이 천현 진인의 오른쪽에서 나란히 달리며 눈살을 찌푸렸다.

그들은 백검룡이 마랑군을 맞이하러 갔다는 사실을 이미 알고 있었다.

"그래서 사형을 찾으려고 동분서주한 것 아닙니까? 더 이상 애쓰지 마십시오. 마랑군은 이미 진현궁에 들어갔으니까요."

"그게 정말인가?"

천현 진인이 신형을 멈추자 지현, 인현 진인도 따라서 멈췄다.

"문주가 마랑군을 데리고 진현궁 안으로 들어가는 것을 제 눈으로 똑똑히 봤습니다."

천현 진인은 크게 낙담했다. 딛고 서 있는 바닥이 끝없이 아래로 꺼지는 것만 같았다.

"무량수불… 마랑군이 원하는 것이 바로 그것이야. 그는 문주가 먼저 싸움을 걸어주기를 원하고 있는 것이야."

"그게 무슨 말씀입니까?"

천현 진인은 초조한 표정으로 우림산 쪽을 쳐다보았다.

"우림산 서쪽 숲에 마신전사 천여 명이 은신해 있는 것을 내 눈으로 확인했네."

"마신전사!"

지현, 인현 진인은 크게 놀라서 똑같이 낮게 외쳤다.

순간 두 사람은 천현 진인이 생각한 것과 똑같은 상황을 반사적으로 떠올렸다.

팔십 세가 넘고 수양이 깊은 천현 진인이지만, 지금 그는 너무 큰 충격에 어떻게 해야 할지 갈피를 잡지 못했다.

지현, 인현 진인 역시 멍하면서도 당황하는 표정으로 천현 진인이 무슨 명령을 내려주기만 기다릴 뿐이었다.

"대사형! 어떻게 하면 됩니까? 어서 무슨 명령이든 내려주십시오!"

보다 못한 인현 진인이 천현 진인에게 버럭 소리쳤다.

그제야 천현 진인은 퍼뜩 정신을 차리면서 미리 생각해 두기라도 한 것처럼 빠르게 지시를 내렸다.

"나는 진현궁으로 갈 테니 지현은 즉시 본 파의 전 고수들을 이끌고 마신전사의 급습에 대비하고, 인현은 진현궁을 중심으로 삼대검진을 펼치게!"

그의 마지막 말은 십여 장 밖에서 들려왔다.

'부디 태성이 어리석은 짓을 저지르지 않기를…….'

천현 진인은 진현궁을 향해 전력으로 쏘아가면서 백검룡이 마랑군을 진현궁에 가두지 말기를 간절히 기원했다.

휘익!

하나의 전각 모퉁이를 꺾어 돌자 탁 트인 마당과 그 너머로 웅장한 진현궁의 모습이 시야에 들어왔다.

그때 진현궁 입구로 한 사람이 걸어나오는 모습이 보였다.

후리후리한 체구에 한 자루 금검(金劍)을 어깨에 멨고, 금의단삼을 펄럭이면서 한줄기 바람처럼 걷는 사람은 바로 선황과 문주 백검룡이었다.

마랑군에게 잠깐 보여줄 것이 있다면서 그를 진현궁 안에 혼자 남겨두고 보여줄 물건을 가지러 가는 체 슬쩍 빠져나온 것이었다.

"안 돼……."

쏘아가는 천현 진인의 입술 사이로 중얼거림이 흘러나왔다.

백검룡은 진현궁을 향해 전력으로 쏘아오고 있는 사부 천현 진인을 발견했지만 못 본 체 외면하면서 오른팔을 슥 들어 올렸다.

그것이 신호인 듯 갑자기 진현궁 전체에서 육중한 음향이 터져 나오기 시작했다.

웅웅웅웅—

진현궁 한복판에 있는 접객실을 뇌옥으로 만들기 위한 기관 장치(機關裝置)가 발동한 것이다.

"안 돼! 멈춰!"

천현 진인은 쏘아가면서 피를 토하듯이 절규했지만 백검룡은 오히려 사부에게 등을 돌리면서 팔짱을 끼며 느긋하게 진현궁을 쳐다보았다.

그의 입가에 흐릿하며 잔인한 미소가 떠올랐다.

"후후후… 마랑군, 여우 같은 놈! 너와 옥선후가 손을 잡고 천하를 도모하려는 사실을 내가 모르고 있을 것이라고 생각했느냐?"

웅웅웅— 긍긍긍—

음향이 굉음으로 변했고 진현궁 전체가 심하게 진동했다.

진현궁 한복판에 있는 접객실이 지하로 하강을 하고 있는 중이었다.

백검룡의 입가에 떠오른 미소가 조금 더 짙어졌다.

"후후훗! 옥선후의 야망이 천하제패라면, 그녀의 동반자는 마랑군 네가 아니라 나 백검룡이어야만 한다."

그가 목구멍으로 솟구쳐 나오려는 통쾌한 웃음을 참으려고 어금니를 악물고 어깨를 들썩이고 있을 때 갑자기 두 가지 일이 벌어졌다.

파파파팍!

뒤에서 쏘아온 천현 진인이 번개같이 백검룡의 혈도를 제압해 버렸다.

슈우우!

그와 거의 같은 순간에 진현궁 지붕 위에서 붉고 밝은 화통(火筒) 하나가 이십여 장 높이의 하늘을 향해 수직으로 쏘아 올랐다.

마랑군의 그림자인 마중십팔혼이 쏘아 올린 비극의 시작을 알리는 신호탄이었다.

* * *

호리궁은 노씨현을 출발한 지 사흘째 늦은 오후 무렵에 낙녕현(洛寧縣)에 도착했다.

낙녕현은 낙수 강변에 산재해 있는 여러 현 중에서 낙양 다음으로 번화했다.

"호리! 저 앞에 보이는 곳이 낙녕현인 것 같은데 한 번 올라와서 확인해 봐!"

전음통에서 철웅의 굵직한 외침이 중간층 호리의 방으로 전해졌다.

호리는 침상 위에 책상다리를 하고 앉아서 눈을 감은 채 꼼짝도 하지 않았다.

사흘 전에 호선이 준 책자의 난해한 내용을 해석하고 이해하는 일에 몰두해 있는 바람에 전음통에서 흘러나온 철웅의 말을 듣지 못했다.

침상 옆 작은 탁자 위에는 다섯 권의 책자가 가지런히 쌓여 있었다.

호선이 봉황등천권과 비전검검, 청점활비의 구결을 기억나는 대로 적은 책자 세 권과 그것들을 적다가 불쑥 생각난 두 가지 무공의 구결을 적은 책자인데, 하나는 보법이고 또 하나는 경공법이었다.

호선은 지난 사흘 동안 다섯 권의 책자만 기록한 것이 아니었다.

 호리에게 역학에 대해서 알기 쉽게 많은 것을 설명해 주었다. 겨우 사흘 만에 얼마나 많은 내용을 가르칠 수 있을까마는, 자신이 기록한 책자를 함께 봐가면서 그것을 이해하기 위한 내용을 위주로 삼았다.

 호리와 호선은 사흘 내내 호리의 방에서 거의 잠도 자지 않고 붙어 있다시피 했다.

 호리는 호선이 새로 적어준 보법과 경공법의 구결을 한 번씩 정독을 하고 나서 보법은 산영보(散影步), 경공법은 무풍신(無風迅)이라고 이름을 지었다.

 아직 실제로 동작을 실행해 보지는 않았지만, 구결을 읽어보니까 보법은 마치 여러 개의 그림자가 분분하게 흩어지는 듯한 느낌이고, 경공법은 한줄기 바람이 일체의 소리도 없이 쏜살같이 허공을 가르는 듯해서 퍼뜩 그런 이름이 생각났다.

 그는 구결만 읽고서도 그것이 어떤 종류이며, 어느 정도 뛰어난 것인지 어렴풋이나마 알 수 있을 정도가 됐다.

 희한한 일이지만 호선은 호리에게 가르쳐 준 무공들의 구결은 기억하면서도 이름은 하나도 기억하지 못했다.

 호리는 그녀가 가르쳐 주는 무공을 배우는 것뿐만 아니라 이름을 짓는 데에도 쏠쏠한 재미를 느꼈다.

 그녀가 적어준 구결은 완벽하지는 않았지만 그렇다고 뜻

을 이해하지 못할 정도는 아니었다.

 전음통에서 철웅의 목소리는 다시 들려오지 않았다. 호리의 대답이 없거나 올라오지 않으면 그만한 사정이 있는 것이라고 짐작하기 때문이다.

 호리궁은 매우 크고 긴 낙녕현 포구 끝 자락에 정박한 후에 밤을 맞이했다.

 이날 저녁식사에서 호리와 철웅, 은초는 일생일대의 쓰디쓴 경험을 맛봐야만 했다.

 사흘 동안 철웅에게 요리를 배운 호선이 이날 저녁식사를 자신이 직접 만들어서 차려보겠다고 나선 것이다.

 호리궁에는 그녀를 말릴 수 있는 사람이 아무도 없었다.

 해서 세 사람은 생애 최악의 식사를 해야만 했다.

 요리가 덜 익었다거나 숯처럼 새카맣게 타버린 것은 그나마 나은 편이었다.

 조리하는 방법은 배웠지만 양념을 조절하지 못해서 그녀가 만든 모든 요리가 무지하게 짜거나 시고 매웠다.

 눈물과 절망의 식사를 하는 동안, 은초는 철웅을 쏘아보며 왜 호선에게 요리를 가르쳐 주었느냐고 윽박지르며 그의 정강이를 수없이 걷어찼다.

 그리고 요리하는 여자가 아름답다면서 호선을 부추긴 원

죄가 있는 호리는 아무 말도 못하고 자신에게 할당된 요리를 꾸역꾸역 먹어야만 했다.

하지만 그들은 아무도 호선에게 불평 한마디 하지 않았다. 오히려 만면에 행복한 표정을 지으려고 갖은 노력을 다하면서 실로 오랜만에 맛있는 식사를 했다고 과장된 너스레를 떨어야만 했다.

호선의 보복이 두려워서가 아니었다. 태어나서 처음 요리를 만들어보았을 그녀의 너무도 기대 어린 표정을 보고는 차마 맛이 없었다는 말을 할 수가 없었던 것이다.

저녁식사 후 철웅과 은초는 수련실로 향했고, 호리는 자신의 방에 들어갔으며, 호선은 자신이 저녁상을 차렸으니 뒷마무리까지 해야 한다고 기특하게 말하고는 주방을 정리하기 시작했다.

호리와 철웅, 은초가 각자 제 할 일을 하는 동안 주방에서는 간간이 그릇 깨지는 소리가 요란하게 들려왔다.

만약 호선이 사흘 정도만 식사를 담당한다면 호리 일행 전부는 지독한 배탈 설사에 걸릴 것이고, 주방의 그릇은 하나도 남아나지 않을 것이 분명했다.

예전 같았으면 오랜 배 생활에 지루하고 지쳐서 호리궁이 포구에 닿기 무섭게 무슨 구실이라도 만들어서 모두들 포구로 달려갔겠지만, 지금은 아무도 그러지 않았다.

정식으로 무공을 배우기 시작한 이후부터는 허투루 보내는 시간이 촌각조차도 아까워서 측간에 가는 것도 미루다가 바지를 적시기 직전에 달려갈 정도였다.

호리는 침상 위에 앉아서 버릇처럼 책자를 펼쳐 들었다.

호선에게 사흘 내내 역학에 대해서 가르침을 받는 것과 동시에 그녀와 함께 책자의 내용을 풀어나가는 동안 어느덧 대강의 뜻은 이해하게 되었다.

호선의 말대로 책자의 내용은 무공 구결이 분명했다.

삼라만상이 일원, 즉 태극에서 비롯되어 음양과 오행으로 파생되는 이치처럼 책자는 모든 용들의 우두머리인 제룡(帝龍)에서 쌍룡(雙龍)이 비롯되고, 다시 그것에서 오룡(五龍)이 파생되는데, 바로 금룡(金龍), 빙룡(氷龍), 화룡(火龍), 비룡(飛龍), 강룡(鋼龍)이다.

책자는 일원의 원리와 위력이 제룡이 되고, 음양이 쌍룡, 오행이 오룡이 되는 이치를 역학의 난해하고도 오묘한 원리를 빌어 풀어놓았다.

오행은 우주만물을 이루는 다섯 가지 원소로써 금(金), 수(水), 화(火), 목(木), 토(土)를 뜻한다.

오행의 금은 금룡이 되고, 수는 빙룡, 화는 화룡, 목은 비룡, 토는 강룡이 된다.

오룡은 제각기 전혀 다른 특색과 위력을 지닌 무공이다.

그 다섯 마리 용이 합쳐져서 쌍룡이 되면 위력은 세 배 이상 막강해진다.

그리고 쌍룡이 하나로 합쳐져서 최초의 시작인 제룡이 되면 그 위력은 상상을 불허할 정도가 된다.

책자에는 제룡의 무공이 전개되면 하늘이 내려앉고 땅이 무너진다[天崩地壞]고 적혀 있었다.

호리는 이 책자가 담고 있는 수수께끼 같은 무공에 흠뻑 매료된 상태였다.

그는 책자의 무공을 제룡신위(帝龍神威)라 부르기로 했다.

제룡신위를 완성하면 무공에 대한 끝없는 갈증이 해소될 것만 같았다.

그렇지만 욕심을 부리지는 않았다. 만사 제쳐 둔 채 목숨을 걸고 제룡신위를 익히려고 악착을 부리지도 않았다.

작은 그릇으로는 많은 물을 퍼 올릴 수 없는 법.

호리는 현재의 자신은 아직 작은 그릇이고, 제룡신위는 큰 물이라고 생각했다.

지금은 봉황등천권과 비전검법, 청점활비, 산영보, 무풍신 등의 무공을, 그중에서도 특히 검풍에 주력해야 한다.

그러는 한편 제룡신위의 구결을 해독하는 일을 게을리 하지 않아서 실제로 초식을 익히기 전까지는 구결 전체를 완전히 이해해야만 한다.

제룡신위는 그때 익혀도 늦지 않을 것이다.

호리는 아까 호선이 방에 들어와 문 옆에 서서 자신을 바라보고 있는 것을 느끼고 있었으나 생각이 끊어지지 않게 하려고 모른 체하고 있었다.

그렇지만 일각이 지나자 그는 더 이상 호선을 내버려 두기가 어려웠다.

"호리."

이윽고 그가 책에서 시선을 떼며 고개를 들자 호선이 기다렸다는 듯 그를 불렀다.

"목욕시켜 줘. 포구에 술 마시러 갈 거야."

그녀는 처음 항주성에서 호리를 만난 이후 조금도 변한 것이 없었다.

굳이 변화를 꼽으라면 철웅에게 요리를 배우기 시작했다는 사실 정도일까.

호리는 그동안 수십 번도 더 '호선은 도대체 어떤 신분이었기에 제 몸 하나 스스로 씻지 못하는 것인가?'라고 자문해 봤지만 답을 얻지 못했다.

호선이 예쁘게 미소를 지었다.

"목욕시켜 주면 호리에게만 특별히 맛있는 요리를 해줄게."

第四十章
온 자는 선하지 않다[來者不善]

一擲賭
乾坤

'야위었다.'

 언제나처럼 호선의 몸을 구석구석 씻어주던 호리는 그녀의 몸이 전에 비해서 많이 야위었다는 것을 눈으로, 그리고 손끝으로 여실히 느낄 수 있었다.

 호리는 그녀가 야위게 된 원인을 이것저것 한동안 생각하다가 그녀가 무슨 고민을 하고 있었던 것이 아닌가, 라는 생각을 해보았지만, 그것 때문이라고 확신할 수는 없었다.

 호선은 예나 다름없이 자신의 늘씬하고 풍만한 몸을 호리에게 맡긴 채 나직한 콧노래를 흥얼거리고 있었다.

욕탕 밖에서는 철웅과 은초가 무공 연마를 하는 소리가 불규칙적으로 들려왔다.

 호선은 어느 날 갑자기 여위어진 것이 아닐 터이다. 원래 살이란 조금씩 빠지는 법이다.

 호리는 호선을 씻기면서 천천히 기억을 더듬어보았다.

 '사혈 때문인가?'

 그는 즉시 호선의 뒷머리를 자세히 살펴보았다. 치료를 위해서 면도로 깎아낸 자리에는 까끌까끌한 머리털이 파르라니 자라났고, 반점이 사라진 대신 그 자리에 흐릿하게 흔적만 남아 있을 뿐이었다.

 반점을 발견한 이후 호리가 두 번 더 힘껏 짜내서 사혈은 다 흘러나왔었다.

 그리고 그때마다 금창약을 발랐으며, 또한 호선의 특이한 체질 덕분에 지금은 물이 닿아도 괜찮을 정도로 거의 나은 상태였다.

 그렇다면 호선의 몸이 야윈 이유는 사혈 때문이 아닐 것이다. 사혈을 뽑아냈으니 오히려 예전보다 몸이 더 좋아져야 하지 않겠는가.

 '그때……'

 문득 떠오르는 것이 있었다.

 사십여 일 전. 호선이 호리궁을, 아니, 호리를 떠났다가 돌아온 일이 있었다.

'그래! 변화는 그때부터였어!'

호리가 잠시 동안 움직임을 멈추자 호선이 의아한 얼굴로 돌아보았다.

호리는 다시 손을 움직였다. 등을 다 닦은 호선은 언제나처럼 그와 마주 보는 자세로 돌아앉았다.

생각에 잠긴 호리의 두 손은 거품을 일으키면서 호선의 가냘픈 어깨와 풍염한 젖가슴을 쓰다듬듯 문질렀다.

'그때 호선은 자신을 쫓는 추격자들로부터 우리를 보호하느라 호리궁을 떠났었다. 그러나 결국 다시 돌아왔었지.'

그때는 그녀가 다시 돌아왔다는 안도감과 기쁨 때문에 미처 생각하지 못했었다.

호리들을 위험에 빠뜨리지 않으려고 떠났던 그녀가 왜 다시 돌아왔었는지를.

호선은 고집과 성격이 굴강한 여자다. 자신의 결심을 그처럼 쉽게 꺾고 돌아올 리가 없다.

'호선이 돌아온 것은 우리가 위험에서 벗어났다고 판단했기 때문이었을 것이다. 그때 무슨 일이 있었는지는 모르지만, 그녀는 그 일을 매듭지었던 거야.'

호리의 두 손이 계속 호선의 젖가슴만 문지르고 만지작거리자 그녀는 상체를 다 닦았다고 여겨 스르르 일어섰다. 다음은 하체를 닦을 차례였다.

호리의 두 눈이 약간 커졌다.

'그래! 호선은 청부자를 만났었던 거였어! 그래서 그자와 담판을 지었던 거야!'

분명했다.

호선이 다시 돌아온 이후 지난 사십여 일 동안 호리궁 근처에서 단 한 명의 추적자도 발견할 수가 없었다.

이상한 일이긴 했지만 크게 안도했을 뿐, 호리는 그 이유가 무엇인지에 대해서는 깊이 생각하지 않았었다.

호선이 청부자를 만나 다시는 추적을 하지 못하도록 어떤 형태로든 담판을 지었다면, 그 과정에서 호선이 청부자에게 자신의 신분에 대해서 물어보지 않았을 리가 없다.

'호선은 기억을 되찾지는 못했지만, 어쨌든 자신의 신분에 대해서 어느 정도 알게 된 것이 분명하다. 그래서 고민을 했던 것이다. 무엇 때문인지는 모르나 그 고민이 그녀를 야위게 만든 것이다!'

궁금했다.

과연 호선의 신분이 무엇일까?

왜 그녀는 자신의 신분을 알게 됐는데도 자신이 있던 곳으로 가지 않고 호리궁으로 돌아온 것인가?

그리고 그녀는 무엇을 고민하고 있는가?

'물어볼까?'

호리는 고개를 가로저었다. 그녀의 성격으로 봤을 때 말해 줄 것 같았으면 벌써 했을 것이다.

어쩌면 호선은 지금 생각을 정리하고 있는 중일지도 모른다.

아니면 이미 자신이 있던 곳으로 돌아가야겠다고 결정을 내렸을지도 모르는 일.

호선이 떠나겠다고 해도 그녀를 원망할 수는 없다. 입장을 바꿔놓고 생각해 봐도 호리라면 미련없이 자신이 있던 자리로 되돌아갔을 것이다.

'그럼 호선은 나 때문에 떠나지 못하고 있는 것인가? 그래서 야윈 것인가?'

결국 생각은 그렇게 귀결됐다. 다시 곰곰이 생각해 봐도 그렇게밖에는 결론이 나지 않았다.

'만약 호선이 떠난다면……'

그렇게 생각하자 갑자기 가슴이 답답해졌다.

호선이 그처럼 빨리 자신의 곁을 떠날 것이라고는 생각해 본 적이 없는 호리였다.

그때 호리의 머릿속으로 호선과 함께 지냈던 지난 백 일 동안의 온갖 일들이 한꺼번에, 그리고 빠르게 떠올랐다가 스쳐 지나갔다.

그리고는 자신이 딛고 선 바닥이 갑자기 아래로 푹 꺼지는 듯한 상실감을 느꼈다.

아니, 그것은 절망이라고 해야 옳았다. 사람이 숨을 쉬지 못하면 살 수 없듯이, 그는 호선이 없으면 살 수 없을 것이라는 생각이 들었다.

"……."

순간 그는 한 가지 사실을 깨닫고 눈을 크게 떴다.

사매 연지가 무황성 이소성주라는 자에게 납치됐다는 사실을 알았을 때 그는 무척 놀라고 낙담했었다. 그러나 이 정도까지는 아니었다.

연지가 납치된 것과 호선이 떠나가는 것 중에서 어느 것이 더 큰 충격인지 수치로 잴 수는 없는 일이다.

그러나 한 가지 사실만은 어렴풋이나마 예견할 수 있다.

호선이 떠나고 나면 천하를, 그리고 인생을 다 잃어버린 것 같은 기분이 들 것이라는 사실을.

"뭐… 뭐 하는 거야……?"

그때 호리의 머리 위에서 호선의 목소리가 이슬비처럼 흘러내렸다.

호리는 호선이 떠날 것이라는 생각 때문에 얼굴이 붉게 상기된 채 멍한 얼굴로 그녀의 얼굴을 올려다보았다.

호선의 얼굴도 노을처럼 붉어져 있었다.

"호선……."

호선은 웬일인지 나직하게 숨을 새근거리면서 입술을 약간 벌리고 있는데, 호리를 바라보는 눈빛은 원망 같기도 애원 같기도 했다.

"아… 왜 그러는 거야?"

호선이 한숨처럼 끈끈하게 중얼거렸다.

"내가 뭘……."

호리는 무심코 자신의 손을 보면서 말하다가 말끝을 흐리고 말았다.

그의 두 손이 서 있는 호선의 허벅지가 모이는 곳, 음부에 닿아 있는 것이 보였다.

아니, 그의 두 손은 멈춰 있는 것이 아니라 지금 이 순간에도 부지런히 움직이고 있는 중이었다.

그가 생각에 잠겨 있는 동안 두 손은 음부를 만지작거리면서 수북하게 거품을 일으키고 있었다.

'이런…….'

호리는 화들짝 놀라서 급히 호선의 음부에서 손을 떼며 뒤로 물러나 앉았다.

그는 얼굴이 화끈거려서 고개를 숙인 채 앉아 있고, 그 앞에 호선은 약간 다리를 벌린 자세로 우두커니 서 있는 상황에서 어색한 침묵이 흘렀다.

잠시 후 호선은 나직한 한숨을 토해내더니 호리 앞에 등을 보인 채 살며시 앉았다.

쏴아아…….

호리는 묵묵히 그녀의 몸에 깨끗한 물을 뿌려주었다.

호리는 호선을 데리고 포구의 한 주루로 갔다.

호선 혼자 주루에 보내는 것이 안심이 되지 않기도 했지만, 목욕 중에 본의 아니게 그녀에게 실수를 하여 미안한 마음이 들기도 해서 오늘 밤은 그녀와 술을 마시면서 보내리라 생각한 것이다.

호리와 함께 외출을 하게 된 호선의 기쁨은 이만저만한 것이 아니었다.

그녀는 호리궁에서 내려 포구의 주루로 가는 동안 호리의 팔에 매달려 쉴 새 없이 종알거렸다.

주루 일층은 절반 정도 손님이 차 있었는데, 호리와 호선이 주렴을 걷고 들어서자 시끌벅적하던 소음과 사람들의 움직임이 동시에 정지됐다.

그리고는 손님들과 점소이, 심지어 주방 안에 있던 요리사들까지 고개를 내밀어 호리와 호선을 쳐다보았다.

아니, 호선을 쳐다보는 것이었다. 호리가 준수한 편이기는 하지만 호선의 절색미모에는 미치지 못한다.

그리고 사람들은 잘생긴 남자보다는 아름다운 여자에게 더 시선을 뺏기기 마련이다.

더구나 호선은 지난번에 호리가 사준 봉황의(鳳凰衣)를 입고 있었다.

하급기녀들이나 입는다는 울긋불긋하게 봉황이 수놓인 싸구려 옷이었다.

여염집 여자들은 머리가 어떻게 되지 않은 이상 그런 옷을 입지 않는다.

누가 입어도, 그리고 아무리 잘 입어도 영락없이 노류장화로 보이기 때문이다.

그러나 여기 예외가 있다. 호선은 그런 옷을 입었지만 비단 노류장화로 보이지 않을뿐더러, 오히려 선녀가 우의(羽衣)를 입고 속세에 하강한 것처럼 보였다.

고만고만한 사람들은 무엇을 입고 어떤 치장을 하였는지에 따라서 조금쯤은 돋보이기도 하고 그 반대이기도 하지만, 원래 출류발췌(出類拔萃)의 뛰어난 사람은 워낙 바탕이 탁월하기 때문에 무엇을 입든 어떤 상황이든 본래의 아름다움이 가려지지 않는 법이다.

그러나 당사자인 호선은 사람들의 시선이 싫었다. 싫은 정도가 아니라 그들의 시선 하나하나가 벌레처럼 온몸에 스멀스멀 기어다니는 느낌이었다.

그녀가 막 발작하려고 할 때 호리가 성큼성큼 창가 자리 쪽으로 걸음을 옮겼고, 그와 동시에 호선의 머릿속에서 호리의 나직한 목소리가 울렸다.

"소란 피우지 말고 이리 와서 술이나 마시자."

그것은 예전에 호선이 가르쳐 주었던 전음입밀의 상승수법인 이심전각이었다.

"와아! 성공했네?"

호선은 기쁜 얼굴로 쪼르르 달려가 뒤에서 호리를 와락 끌어안으며 환호성을 터뜨렸다. 물론 그녀도 이심전각의 수법을 발휘했다.

멈춰 서 있는 호리의 허리를 두 팔로 꼭 끌어안고 그의 등에 뺨을 묻고 있는 호선.

두 사람이 워낙 허물이 없어서 호리궁 내에서는 별로 특별하지도 않은 이런 행동이 이곳 주루에서는 많은 사람들의 놀라움과 부러움을 사기에 충분했다.

사실 호리가 이심전각을 성공한 것은 하루밖에 안 됐다.

그것도 부단한 노력 끝에 얻은 성공이 아니라 우연한 기회에 깨달음을 얻은 결과였다.

원래 호선이 이심전각의 구결을 호리에게 가르쳐 준 것이 최초의 구결이었다.

그 당시, 무공 구결이라고는 난생처음 접했던 호리는 그것을 풀고 이해하고 또 실행하느라 무진 애를 먹었다. 그런데도 당최 요령부득이었다.

그 후 봉황등천권과 청점활비, 비전검법에 전념하느라 이심전각은 잠시 접어두었었다.

그러던 중에 며칠 전 호선이 제룡신위의 구결을 적어주었고, 그 이후 호리의 부탁으로 봉황등천권과 청점활비, 비전검법의 구결도 책자로 적어주게 되었다.

호리는 며칠 밤을 새워가면서 매두몰신(埋頭沒身) 그 구결들을 이해하고 외우는 일에 전력을 기울였다.

청점활비와 봉황등천권, 비전검법은 이미 전개할 줄 알기 때문에 구결을 이해하기가 쉬웠다.

그러나 만약 난생처음 접하는 구결이었다면 이해하는 데 몇 곱절은 더 어려웠을 것이다.

바로 그때 까마득히 잊고 있었던 이심전각의 구결 중에서 난해했던 부분들이 불현듯 떠올라 술술 풀리기 시작했다.

그렇다고 청점활비나 봉황등천권 등의 구결이 이심전각과 비슷하기 때문은 아니었다.

무공 구결을 깨우치는 묘리(妙理)를 터득한 덕분이었다.

두 사람은 창가 자리에 자리를 잡았다. 그러나 호선은 호리 맞은편이 아닌 그의 곁에 찰싹 붙어 앉았다.

점소이가 다가와 힐끔힐끔 호선의 얼굴을 훔쳐보면서 주

문을 청하자 호선은 짧게 대꾸했다.

"황주 가져와."

아름다운 소녀의 붉은 입술 사이로 싸고 독한 술의 이름이 새어 나왔다.

술은 안주와 함께 마시는 법이라 점소이는 곧 안주를 시킬 것이라 기대하고 서 있었지만, 호선은 창을 열고 나서 창 안쪽에 앉은 호리의 어깨에 뺨을 댄 채 그윽하게 창밖을 바라보았다.

"삼절채(三切菜)를 주게."

호리가 안주를 주문하자 점소이는 그제야 허리를 굽혀 보이고는 물러갔다.

잠시 후 술과 안주가 나오자 호선은 술에 걸신들린 사람처럼 연거푸 다섯 잔이나 입 안에 들이붓고서야 만족한 미소를 지으면서 손등으로 입술을 문질렀다.

"캬아… 술맛 좋다!"

호선은 호리 어깨에 뺨을 대고 정이 담뿍 담긴 눈빛으로 그를 바라보며 헤실거렸다.

"헤헤! 이제야 살 것 같아."

"그렇게 좋아?"

호리가 엷은 미소를 짓자 호선은 눈을 가늘게 뜨고 호리를 보면서 속삭이듯이 대답했다.

"세상에서 호리가 제일 좋고, 그다음이 술이야."

갑자기 마신 술에 뺨이 발그레 상기된 호선의 얼굴은 비할 데 없이 아름다웠다.

더구나 그녀의 긴 속눈썹은 너무도 우아해서 호리의 가슴을 약간 설레게 만들 정도였다.

북방의 초겨울 밤은 제법 날씨가 쌀쌀하다.

주루 한가운데에 벌건 난로가 기세 좋게 타오르고 있는데, 호선이 열어놓은 창을 통해서 차가운 강바람이 들이치자 몇몇 사람들이 힐끗거리면서 인상을 썼지만 아무도 뭐라고 하지는 않았다.

당당한 체격의 호리가 어깨에 칠룡검을 메고 있는 것을 보고 그가 무림의 소년고수라고 짐작하여 함부로 발작하지 못하는 것이었다.

호선은 너무나 행복했다. 할 수만 있으면 이렇게 호리와 평생 함께 지내고 싶었다.

아니, 할 수만이 아니라 반드시 그렇게 할 것이라고 남몰래 속으로 다시 한 번 결심을 다져 보았다.

호선이 더없는 행복감에 젖어서 쉴 새 없이 술을 마시는 것과는 달리, 호리는 마냥 행복에 젖어 있을 수만은 없었다.

낙녕현에서 낙양까지는 뱃길로 빠르면 이틀, 늦어도 사흘 거리밖에 안 된다.

낙양이 가까워질수록 이상하게도 사매 연지에 대한 걱정이 점점 더 커지고 있었다.

처음에 연지가 무황성 이소성주에게 납치됐다는 사실을 알게 됐을 때에는 그것이 어떤 오해 때문에 빚어진 일이며, 그래서 자신이 낙양에 도착하기도 전에 오해가 풀려서 연지와 사부가 함께 봉래현으로 돌아갔을지도 모른다고 대수롭지 않게 생각했었다.

그러나 지금 호리의 생각은 달랐다. 이곳까지 오는 지난 팔십여 일 동안 그는 연지의 일에 대해서 수백 번도 더 곰곰이 생각했었다.

그래서 지금에 이르러 얻어진 결론은, 오해가 아닐 가능성이 더 크다는 것이었다.

무황성은 천하무림의 다섯 절대자인 무림오황 중 하나다.

그런 무황성의 이소성주쯤 되는 어마어마한 인물이라면 필시 평범한 인물이 아닐 텐데, 한낱 오해 따위로 아녀자를 붙잡아가겠는가.

만약 오해가 아니라면, 그래서 이소성주라는 인물이 무슨 목적이 있어서 연지를 납치해 간 것이라면, 그녀를 구하는 일이 결코 쉽지만은 않을 터이다.

"틀림없느냐?"

"분명합니다."

"그녀는 지금 어디에 있느냐?"

"포구의 서태루(西泰樓)라는 주루에 있습니다."

개방 낙녕 분타 안 분타주의 거처에서 흘러나오는 대화였다.

"그녀 혼자더냐?"

"아닙니다. 검을 멘 한 소년과 함께 있습니다."

낙녕 분타주 풍호개(風虎丐)는 고개를 끄덕였다.

"그렇다면 그놈이 항주성에서 그녀와 함께 사라졌다는 협잡꾼 호리라는 놈이겠군."

"그런 것 같습니다. 이제 어떻게 하시겠습니까?"

풍호개는 미간을 잔뜩 좁혔다.

"그동안의 정보에 의하면 호리궁은 한수를 거슬러 오르고 있다더니, 그들이 어떻게 갑자기 낙수 한가운데인 낙녕에 나타난 것이지?"

"아마도 한수에서 배를 버리고 육로를 이용하여 이곳까지 온 모양입니다."

풍호개는 어이없는 표정을 지었다.

"혹시 본 방에서는 그것도 모르는 채 아직도 한수에서만 추적, 수색하고 있는 것이 아니냐?"

"그럴지도 모릅니다."

풍호개는 누가 무엇 때문에 소녀를 찾고 있는지는 모른다. 그렇지만 개방 방주가 몸소 제자들을 이끌고 나서서 찾고 있다는 사실을 알기 때문에, 이 일이 얼마나 중요한지 미루어 짐작할 수 있었다.

개방 총타가 전국의 분타에 보낸 명령은 '소녀를 발견할 경우 즉각 가장 빠른 방법으로 보고하고, 섣부른 행동을 일체 행하지 말 것이며, 수단과 방법을 가리지 말고 절대 놓치지 않도록 감시, 미행하라' 는 것이었다.

그 명령은 한 가지 사실을 암시하고 있다.

상대가 워낙 고강하기 때문에 일개 분타 정도의 세력으로는 제압하지 못한다는 것이다.

풍호개는 극도로 긴장했다.

일호(一毫)의 실수라도 저질러서 일을 그르치는 날에는, 공을 세운 데 따른 상은 고사하고 낙녕 분타 전체가 풍비박산되고 말 터이다.

풍호개는 자리에서 일어나며 빠른 어조로 명령했다.

"이 사실을 즉시 보고해라."

그러나 개방 낙녕 분타의 거지들이 어떤 조치를 취하기도 전에 일단의 괴한 두 명이 서태루에 들어섰다.

그들은 긴 갈색 장포에 챙이 넓고 깊은 방립(方笠)을 썼는

데 얼굴 전체를 거의 다 가렸다.

두 방갓인은 무기를 지니고 있지 않았는데도 주루 안에 있던 모든 사람들은 그들이 무림인이라는 사실을 직감했다.

사람이 움직이게 되면 당연히 기척이라는 것이 생기기 마련인데, 두 사람은 그런 것이 전혀 없었다. 그저 음울하고 스산한 분위기만 풀풀 풍길 뿐이었다.

그들은 주루 안을 한차례 둘러보더니 곧장 호리와 호선이 앉아 있는 곳으로 걸어왔다.

마치 누군가에게 호리와 호선이 이곳 주루에서 술을 마시고 있다는 말을 들은 것 같은 익숙한 행동이었다.

두 방갓인은 나란히 앉아 있는 호리와 호선의 맞은편 여덟 자쯤 되는 거리에 멈추었다.

여덟 자라는 거리는 평범한 사람들에게는 별다른 의미가 없을 것이다.

하지만 무림인, 특히 살수들에게는 낯선 상대나 죽여야 할 표적을 맞이할 경우에 반드시 지켜야만 하는 생사의 간격이라고 할 수 있다.

사람의 팔이 아무리 길어도 석 자를 넘지 못하는 법이고, 또한 도검이 아무리 길다고 하더라도 넉 자를 넘는 것이란 거의 없다.

그러므로 도검을 쥐고 팔을 한껏 뻗은 거리는 최단 다섯 자에서 최장 일곱 자를 넘지 못하는데, 일반적으로는 여섯 자가 거의 대부분이다.

적과 마주 섰을 때 여덟 자의 거리를 유지하고 있으면, 상대가 먼저 도검을 뽑아 급습을 할 경우에, 그가 도검을 쥐고 팔을 쭉 뻗는다고 해도 여섯 자 길이밖에 되지 않으므로 두 자만큼 빠르게 이동해야만 한다.

상대가 두 자를 이동하는 그 순간에 이쪽이 재빨리 피한 뒤에 반격을 하거나 도주를 한다. 그래서 여덟 자의 거리가 필요한 것이다.

"네가 고영이냐?"

그때 두 방갓인 중 한 명이 물결에 모래가 휩쓸리는 듯한 듣기 거북한 목소리로 물었다.

호리는 두 명의 방갓인이 주루에 들어섰을 때부터 예의 주시하고 있었다.

그런데 그들이 자신에게 똑바로 걸어와서 멈추더니 대뜸 이름을 묻자 적잖이 놀란 표정을 지었다.

사실 호리의 본명은 고영이다.

그러나 그 사실은 사부와 사매, 그리고 봉래현 사람들 몇몇 밖에 모른다.

생전 처음 보는 이자들이 도대체 무슨 수로 그의 이름을 알고 있다는 말인가.

"죽여."

그때 호선이 술을 마시면서 이심전각의 수법으로 호리에게 불쑥 말했다.

낯선 자들이 자신의 이름을 말하는 바람에 놀란 호리는 호선의 말에 더욱 놀라 그녀를 쳐다보았다.

"네 이름이 고영이냐?"

그때 조금 전에 물었던 방갓인이 재차 물었다.

순간 호리는 방금까지 느끼지 못했던 기이한 기운이 두 방갓인에게서 뿜어지는 것을 감지했다.

그것은 마치 싸늘한 삭풍이 벌거벗은 온몸으로 엄습하는 듯한 오싹한 기운이었다.

생전 처음 느끼는 기운이지만 좋은 기분은 아니었다. 그래서 두 방갓인이 필경 좋은 뜻으로 자신을 찾는 것이 아니라는 사실을 간파했다.

두 방갓인에게서 뿜어지는 기운은 살기(殺氣)고, 호리로서는 난생처음 접하는 것이었다.

호리는 여태껏 이런 살벌한 기운을 뿜어내는 인물들을 한 번도 대한 적이 없었다.

호리는 지난번에 호선을 추격했던 십이 방파 중에서 야귀방 무사들을 상대했던 적이 있었다.

그들은 하나같이 오합지졸들이었다. 그 당시에 호리와 호선은 그들을 무려 이백여 명이나 죽였었다. 아니, 그것은 아예 도륙이었다.

하지만 지금 눈앞에 서 있는 두 방갓인은 야귀방 무사들하고는 질적으로 다른 것 같았다.

호리는 이들이야말로 진짜 무림고수일 것이라는 생각했다.

그는 자신도 모르게 뒷목이 뻣뻣해지면서 긴장이 됐다.

자신의 실력이 어느 정도인지, 상대가 얼마나 강한지 모르기 때문에 어떻게 대처해야 할지 알 수가 없었다.

"죽여 버려."

그때 호선이 자신의 빈 술잔에 술을 따르면서 재차 이심전 각으로 중얼거렸다.

다음 순간 호리는 호선의 주문에 이성이 마비된 듯 재빨리 오른손으로 어깨의 칠룡검을 잡는 것과 동시에 튕기듯 일어서며 발검을 했다.

츄웃!

칠룡검이 뽑혀 두 방갓인을 겨눌 때, 그들은 재빨리 뒤로 석 자가량 물러났다. 호리의 공격이 허탕을 치는 사이에 반격을 할 생각인 것이다.

그래서 여덟 자의 거리가 필요했던 것이고, 여태껏 그 정석은 실패한 적이 없었다.

하지만 두 방갓인이 미처 계산하지 못한 것이 있었다.

호리의 발검이 워낙 빨라서 그가 두 자 아니라 넉 자를 쇄도하더라도 절대 피할 수 없다는 사실과 칠룡검에서 검풍이 뿜어질 줄은 꿈에도 예측하지 못했다는 사실이었다.

두 방갓인이 생애 마지막으로 본 것은 자신들을 향해 번갯불처럼 뿜어져 오는 두 개의 푸른 불꽃이었다.

퍼퍽!

"끅!"

"큭!"

두 방갓인은 서 있던 자리에서 반걸음도 움직이지 못한 상태에서 쏘아온 무형의 검풍에 심장이 관통되어 답답한 신음을 토해냈다.

쿠쿵!

호리가 칠룡검을 어깨에 꽂고 난 후에야 두 방갓인이 묵직하게 뒤로 쓰러졌다.

나란히 쓰러진 두 방갓인의 몸이 갓 잡아 올린 물고기처럼 펄떡거렸으며, 뻥 뚫린 심장에서는 더운피가 김을 뿜으면서 콸콸 쏟아져 나왔다.

쓰러지면서 방갓이 벗겨지며 그들의 얼굴이 드러났다. 하지만 그것은 두 개의 눈구멍만 뚫린 검은 복면이었다.

졸지에 주루 안은 난장판이 되었다. 손님들이 비명을 지르면서 앞 다투어 밖으로 달려나갔다.

그리고 그 순간 느닷없이 호리와 호선의 머리 위 천장이 크게 뻥 뚫리면서 두 인영이 쏜살같이 하강했다.

우직!

두 인영 역시 죽은 방갓인과 같은 복장이었다.

그러나 그들은 천장을 뚫고 하강하면서 방갓과 갈색 장포를 벗어 던지는 것과 동시에 어깨의 검을 뽑아 그대로 호리를 향해 무서운 기세로 내리꽂혔다.

머리를 아래로, 발을 위로 한 자세에서 검을 쥔 팔을 아래로 쭉 뻗으며 공격을 가해왔다.

쐐애액!

두 자루 검이 호리의 정수리와 목뒤를 향해 번개같이 찔러 내려왔다.

방어라고는 추호도 염두에 두지 않은 필살검초다. 즉, 상대를 죽이지 못하면 자신이 죽는 것이다.

방갓과 갈색 장포를 벗은 두 명은 먹처럼 검은 흑의야행복을 입었고, 역시 검은 복면을 뒤집어쓴 모습이었다.

전형적인 살수의 복장이지만 호리는 알지 못했다.

주루의 바닥에서 천장의 높이는 약 일 장 반.

두 명의 살수가 천장을 뚫고 순식간에 내리꽂힌 거리 일곱 자와 서 있는 호리의 키 여섯 자를 합하면 열세 자.

일 장 반에서 열세 자를 뺀 나머지 거리 두 자가 검끝과 호리의 머리 사이의 거리다.

호리는 천장이 뚫리는 소리를 듣는 순간 위를 올려다보다가 두 자루 검끝, 즉 검첨에서 반 자 아래쪽에 암기처럼 뾰족하고 날카롭게 반짝이는 것을 발견했다.

검화를 발출한 것이었다.

두 명의 살수는 무방비 상태인 호리가 이 급습을 피할 것이라고는 생각하지 않았다.

카칵!

그러나 그들의 예상은 빗나갔다. 그들의 검은 호리의 머리 대신 탁자에 꽂히고 말았다.

두 자루 검첨이 탁자에 꽂혀 있고, 그 검을 잡고 있는 두 명의 살수가 아직 거꾸로 허공에 떠 있는 자세일 때.

파아―

"끄윽!"

"헉!"

그들은 자신들의 어깨와 목에 선뜻한 느낌을 받고 답답한 신음을 흘렸다.

옆으로 슬쩍 비켜섰던 호리가 칠룡검으로 그들의 오른쪽 어깨와 목을 한꺼번에 잘라 버린 것이었다.

쿠쿠쿵!

잘라진 머리와 몸뚱이가 어수선하게 탁자와 바닥에 떨어져 나뒹굴었다.

탁자에는 두 자루 검이 꽂혀 있고, 그 검을 잡고 있는 두 개의 팔과 복면을 쓰고 있는 하나의 머리통이 뒤뚱거리며 흔들리고 있었다.

쪼르르.

그 앞에 앉은 호선이 술병에 남은 마지막 술을 잔에 따르고 있었다.

주루 안에는 칠룡검을 쥐고 서 있는 호리와 술잔을 쥐고 앉아 있는 호선뿐이었다. 손님은 물론이고 주인과 점소이들까지 모두 도망쳐 나간 후였다.

"이자들은 누구지?"

호리는 놀라움이 가시지 않은 얼굴로 중얼거렸다.

아닌 밤중에 홍두깨처럼 주루에 불쑥 나타나서 호리에게 고영이 아니냐고 물었다.

호리는 처음 자신에게 말을 걸었던 두 명의 방갓인에게서 느꼈던 것이 '살기'였다는 사실을 지금에서야 어렴풋이 깨달을 수 있었다.

천장을 뚫고 들이닥친 두 방갓인은 다짜고짜 호리를 죽이려고 했다.

그렇다면 처음의 두 방갓인도 호리를, 아니, 고영을 죽이는 것이 목적이었을 것이라고 어렵지 않게 짐작할 수가 있다.

그러므로 처음의 방갓인을 죽이라고 한 호선이 옳았다.

호리가 어물거렸으면 그들이 먼저 공격했을 것이다.

그래서 호리는 한 가지를 배웠다.

찾아온 자는 선하지 않다는 것이다[來者不善].

"복면을 벗겨서 아는 얼굴인지 보고, 품속을 뒤져 봐. 어쩌면 단서가 나올지도 몰라."

호리는 탁자 위와 자신의 발치에 나뒹굴어 있는 목이 잘린 두 개의 머리통을 번갈아 쳐다보았다.

신기하게도 잘린 두 개의 목과 팔에서는 피가 한 방울도 흘러나오지 않았다.

그는 칠룡검을 들어보았다. 검신에도 피 한 방울 묻어 있지 않았다.

그는 피가 흐르지 않게 하는 수법 같은 것을 모른다. 사람의 살과 뼈를 아무리 빠르고 정교하게 자른다고 해도, 어떤 특수한 수법을 발휘하지 않는 한 피가 뿜어져 나올 것이라는 게 호리가 알고 있는 상식이다.

그렇다면 해답은 하나였다. 칠룡검이 어떤 신묘한 조화를 부린 것이다.

호리는 이를 지그시 악물고 탁자 위의 수급으로 다가가서 손을 뻗었다.

목이 잘린 수급을 만지는 것도, 그 얼굴에 씌워진 복면을 벗기는 것도 처음 해보는 일이다. 두렵지는 않지만 께름칙한 기분이었다.

탁자 위의 수급뿐만 아니라 다른 세 명의 복면을 다 벗겨봤지만 호리로서는 처음 보는 얼굴들이었다.

그래서 죽은 자들의 품속을 뒤지기 시작했다.

그러는 동안에 호선은 술을 가지러 주방으로 갔다.

잠시 후 호리는 손에 한 장의 전신(傳神:초상화)을 쥐고 허리를 펴면서 놀라는 표정을 지었다.

"이것은……."

전신에는 호리의 십오륙 세 전후의 모습이 제법 상세히 그려져 있었고, 그 옆에 본명과 현재의 나이, 특징 따위가 적혀 있었다.

그리고 호리의 얼굴을 그린 그림 위에 한 글자가 붉은색으로 뚜렷이 적혀 있었다.

살(殺).

第四十一章
괴리(乖離)

一擲賭者
卓乞坤

 주루를 나온 호리와 호선은 곧장 호리궁으로 돌아와 서둘러 닻을 올리고 출발을 했다.

 호선은 주루에서 호리를 죽이려고 했던 네 명의 방갓인들이 살수인 것 같다고 지나가는 말처럼 중얼거렸다.

 호리는 항주성에 있을 때 하오문 패거리나 건달들에게 살수들에 대해서 들은 적이 있었다.

 그런데 그때 들은 살수들의 복장과 아까 주루에서 죽인 자들의 복장이 거의 일치했다.

 그러나 그들이 어째서 호리의 용모와 신상이 적힌 전신을 갖고 있는지, 왜 그를 죽이려고 하는지에 대해서는 추측조차 할 수가 없었다.

살수는 누군가의 청부를 받고 사람을 죽인다고 알고 있다.

그렇다면 그들도 누군가에게 호리를 죽여달라는 청부를 받았다는 얘기가 된다.

'도대체 누가?'

포구를 빠져나가면서 호리는 속으로 중얼거렸다.

'혹시 구사문이?'

제일 먼저 떠오르는 것이 구사문이었다.

호리는 항주성에서 수십 건의 사기행각을 벌였고 손을 댄 것마다 성공시켰지만, 사기를 치는 과정에서 사람을 죽인 적은 한 번도 없었다.

마지막 사기였던 전당강 강가에서의 일거리 때에 강도 짓을 하려고 했었지만, 호리에게 사기를 당했던 감상택이라는 아편상의 동생 감상양이 호리를 잡으려고 파놓은 함정이었던 것으로 드러나 결국 그 작자와 흑도방 무사들만 죽이고 도망쳐야 했었다.

사기를 당한 자들이야 물론 호리의 뼈를 갈아 마시고 싶어할 터이다.

아무리 그렇더라도 항주성에서 수천 리나 멀리 떨어진 이곳까지 살수를 보낼 정도는 아니었다.

더구나 주루에서 호리가 죽였던 네 명의 살수들은 어중이 떠중이가 아니라 한눈에도 진짜 무림고수들이었다.

그들을 죽이기 전에 호리는 바짝 긴장했었다. 과연 자신의 실력으로 그들을 죽일 수 있을 것인가 때문이었다.

하지만 그들 네 명을 죽이고 나서야 호리는 자신의 실력에 어느 정도 자신이 생겼다.

자신의 실력에 대해서 정확하게 간파하고 있다는 것은 무엇보다 중요했다. 실전에서는 과대평가도, 과소평가도 위험하기 때문이다.

"무슨 일이야?"

"뭐야? 왜 갑자기 출발하는 거지?"

수련을 하고 있던 철웅과 은초는 호리궁이 움직이는 느낌을 받고 급히 선실로 달려 올라왔다.

"별일 아니다."

놀란 얼굴이던 두 사람은 호리의 말을 듣는 즉시 얼굴에서 놀라움을 싹 지우고는 다시 중간층으로 내려갔다.

호리가 별일 아니라고 말하면 별일이 아닌 것이다.

더구나 별일이 있다면, 타기를 잡고 있는 호리 옆에 호선이 얌전하게 책상다리를 하고 앉은 채 주루에서 가져온 커다란 술항아리를 안고서 느긋하게 술을 마시고 있겠는가.

풍호개가 주루에 도착했을 때에는 호리와 호선은 이미 사라진 후였다.

"분타주! 그들은 포구로 갔습니다!"

은밀하게 호리와 호선을 감시하고 있던 개방 제자가 급히 풍호개에게 보고했다.

풍호개는 주루에서 백여 장 거리에 있는 포구를 향해 전력으로 달리기 시작했고 낙녕 분타 개방 거지들이 뒤를 따랐다.

"저 배에 타고 있습니다."

그가 포구에 당도하자 호리와 호선을 감시하고 있던 또 다른 개방 거지들이 강 쪽을 가리켰다.

풍호개가 쳐다보자 한 척의 날렵한 배가 세 개의 큰 돛과 한 개의 작은 돛을 활짝 펼친 채 강 하류를 향해 나는 듯이 쏘아가고 있었다.

그는 낙수 강변에서 오랫동안 활약했지만 저렇게 빠른 배를 본 적이 없었다.

놀라서 눈을 몇 번 깜빡이는 사이에 배는 점점 더 어둠 속으로 파묻혀 갔다.

"빨리 배를 구해라! 서둘러!"

개방 낙녕 분타주 풍호개는 포구에서 발을 구르면서 수하 거지들을 독촉했다.

"노탁(盧卓)! 눈이 있으면 똑똑히 봐라! 이게 어떻게 된 것이냐? 그들이 한수에서 호리궁을 버리고 육로로 걸어왔을 것이라고 하지 않았느냐?"

풍호개는 자신에게 호선의 출현을 제일 먼저 보고했던 삼결제자 노탁을 다그쳤다.

"그게… 그 둘이 거리를 걷는 광경이 본 분타의 제자들 눈에 띈 것이어서 배는 보지 못했습니다."

"끙! 배는 어떻게 됐느냐? 구했느냐?"

풍호개는 포구에서 정신없이 이리 뛰고 저리 뛰는 거지들에게 소리쳤다.

"밤이라서 선주들이 모두 집에 들어간 터라 제자들을 그들의 집으로 보냈습니다."

풍호개는 캄캄한 강을 쳐다보았다. 오십 년 공력의 그에게 어두움은 그리 문제될 것이 없었다.

호리와 호선이 타고 간 배가 오십여 장 밖에서 유유히 하류를 향해 흘러가고 있는 것이 보이자 풍호개는 가슴속에 펄펄 끓는 솥단지를 안고 있는 것처럼 답답했다.

"이 밥통들아! 선주들에게 어느 세월에 양해를 구해 배를 얻어 탄다는 말이냐? 당장 배를 몰 수 있는 어부든 선원이든 아무나 끌고 오라는 말이다!"

풍호개의 불호령이 떨어지자 거지들이 나는 듯이 포구의 주루로 달려갔다.

그때 삼결제자 노탁이 씨근거리고 있는 풍호개의 눈치를 살피면서 조심스럽게 속삭였다.

"분타주, 듣기로는 우리가 쫓는 그녀가 대단한 고수라고 하던데, 분타주의 고함 소리를 듣지 못했을까요?"

"이런……."

풍호개의 얼굴색이 흑빛으로 변했다.

그 정도 악을 쓰면서 고함을 질렀으면 무공이 없는 사람 귀에도 능히 들렸을 것이라는 생각이 들자 그는 자책감 때문에 자신의 머리통을 쇠망치로 부숴 버리고 싶었다.

그때 두 명의 거지가 주루에서 죽은 네 명의 방갓인 중에서 그나마 머리가 붙어 있는 시체 한 구를 들고 와서 풍호개 앞에 내려놓으며 보고했다.

"분타주, 그녀와 동행인 호리라는 자가 주루에서 죽인 네 명 중에 하나입니다."

호리궁을 추격하는 일에 마음이 급한 풍호개는 수하들이 선주나 선원들을 끌고 오는지에 더 신경이 쓰여서 시체는 거들떠보지도 않았다.

하지만 포구에 죽 늘어선 몇 개의 주루에서는 아무도 끌려 나오는 자들이 없었다.

"분타주, 호리라는 자는 항주성의 유명한 사기꾼이라던데, 뭔가 잘못된 것이 아닙니까?"

노탁이 반듯하게 눕혀져 있는 시체 옆에 쪼그리고 앉아서 살펴보다가 나직하게 중얼거렸다.

"뭐가?"

풍호개는 신경질적으로 내쏘았다. 자꾸 일이 꼬이다 보니 신경만 날카로워졌다.

그러다가는 자신의 말소리를 호리와 호선이 들을 수도 있을 것이라는 생각이 들자 급히 움찔했다.

"이자는 색혈루의 살수인 것 같습니다."

낙녕 분타 내에서 제일 영리한 노탁은 처음부터 아주 작게 속삭이고 있었다.

그의 말에 풍호개는 정신이 번쩍 들어 급히 상체를 숙이고 노탁이 가리키고 있는 시체의 오른쪽 어깨를 자세히 들여다보았다.

어깨의 둥근 원은 흰색인데 그 안에 붉은색으로 '혈(血)'이라는 한 글자가 뚜렷하게 수놓아져 있었다. 마치 피가 뚝뚝 떨어지는 듯한 섬뜩한 글씨였다.

"분타주께선 이런 표식을 사용하는 곳이 색혈루 말고 다른 곳이 있다고 생각하십니까?"

"끄응! 없지."

풍호개의 입에서 무거운 신음이 새어 나왔다. 일이 꼬이는 데다가 더 꼬이고 있다는 불길함이 가슴속에서 뭉클거렸다.

"그렇다면 이자는 색혈루의 살수가 분명합니다."

두 사람은 호리와 호선의 능력 정도면 오 리 이내에서 아주 작게 속삭이는 소리마저도 들을 수 있다는 사실까지는 모르고 있었다.

풍호개의 얼굴에 불신이 가득 떠올랐다.

"그럼 네 말은, 호리라는 사기꾼이 색혈루의 살수를 죽였다는 말이냐?"

노탁은 고개를 끄덕였다.

"그것도 한 명이 아니라 네 명입니다."

"네 명씩이나……."

노탁은 풍호개를 한 번 더 놀라게 할 수밖에 없다는 사실이 조금 씁쓸했다.

"그 당시에 주루에 있던 본 타 제자의 말에 의하면, 호리라는 자가 발검을 하자마자 앞에 있던 두 명의 색혈루 살수가 죽었다는 것입니다."

풍호개는 눈살을 찌푸렸다.

"찔렀으니까 죽었겠지."

"아닙니다. 호리와 두 명의 살수의 거리는 여덟 자 정도였다는 겁니다."

"여덟 자?"

풍호개나 노탁도 무림인이다. 그러므로 여덟 자의 정석 혹은 상식에 대해서 너무도 잘 알고 있다.

순간 풍호개의 뇌리를 번쩍 스치는 무엇이 있었다.

그는 방금 자신의 머리에 떠오른 것이 사실이 아니기를 바라면서 약간 더듬거리는 어조로 입을 열었다.

"검이… 닿지도 않았는데 색혈루의 두 살수가 죽었다고 말하려는 것은 아닐 테지? 아마 함께 있던 소녀가 달리 손을 썼거나 그랬겠지?"

"아닙니다. 그녀는 줄곧 술만 마셨다고 합니다."

"그럼……."

"상처를 보십시오. 검에 찔린 것이 아닙니다."

노탁이 긴장한 얼굴로 살수의 심장 부위의 옷을 찢어낸 후 한곳을 가리켰다.

정확하게 심장 부위에 동전 하나 크기의 구멍이 동그랗게 뚫려 있었다.

검첨이 직접 심장을 찔렀다면 절대 그런 상흔이 생기지 않는다는 것쯤은 풍호개도 알고 있었다.

풍호개의 목소리가 자신도 모르게 떨렸다.

"검… 풍이라는 말인가?"

"그렇습니다."

풍호개는 어이없는 얼굴로 중얼거렸다.

"그자가 항주성의 사기꾼 호리가 분명한가?"

"분명합니다. 항주 분타에서 보내온 전신의 용모, 나이와 일치합니다."

풍호개의 얼굴이 더욱 일그러졌다.

"하오문도보다도 훨씬 못한 한낱 사기꾼 놈이 도대체 어떻게 해서 일류고수 중에서도 소수만 가능하다는 검풍을 전개한다는 말이냐?"

노탁은 고개를 절레절레 가로저었다.

"그러게 말입니다."

"음! 귀신이 곡할 노릇이로군."

포구에서 멀어지고 있는 호리궁의 호리는 포구 쪽에서 들려오는 풍호개의 고함 소리뿐만 아니라 그와 노탁의 대화까지도 한마디 빼놓지 않고 들었다.

호리는 그들의 대화를 듣고 몇 가지 사실들을 유추해 낼 수 있었다.

주루에서 자신을 죽이려고 했던 네 명의 방갓인이 색혈루라는 살수 조직의 살수들이라는 것.

대화를 주고받는 두 사람이 개방의 거지며, 그중 한 명이 분타주, 즉 낙녕 분타주라는 사실.

개방 거지들이 항주에서부터 호리 일행을 추적해 왔으며 곧 배를 구해서 추격을 할 것이라는 것.

색혈루 살수들이 노리는 것은 호리의 목숨이고, 개방 거지들이 추격하는 것은 호선이라는 사실.

그리고 검풍을 전개할 수 있는 사람은 일류고수 중에서도 소수뿐이라는 것.

그러므로 호리는 일류고수라는 것 등이었다.

생각을 끝낸 호리는 입을 꾹 다물고 타기를 굳게 잡은 채 깊은 생각에 잠겼다.

호선은 그의 옆 선실 벽에 등을 기댄 채 앉아서 술항아리를 안고 술을 마시면서 간간이 알 수 없는 노래를 흥얼거리고 있었다.

호리로서는 생전 처음 듣는 곡조인데 마치 깊은 산중에서 조그만 계류가 흐르는 소리나 이름 모를 새소리처럼 고즈넉하고 맑았다.

이윽고 호리는 결론을 내렸다.

구사문이나 흑도방 둘 중에 하나가 자신을 죽이기 위해서 살수를 보냈을 것이라고 생각을 좁혔다.

구사문은 항주지부나 다름이 없는 복사파를 호리에게 통째로 잃었으며, 복사파 금고에 들어 있던 은자 삼만 냥과 은자 수만 냥 값어치의 보물들을 강탈당했다.

호리에게 생아편 은자 천오백 냥어치를 사기당한 감상택은 항주성의 하오문이었다가 정식 무림방파가 된 흑도방의 자금을 대주는 물주였다.

그러므로 감상택과 흑도방은 호리에게 원한이 깊을 수밖에 없을 터이다.

은자 천오백 냥어치의 생아편은 덮어두더라도, 호리네에게 동생인 감상양과 흑도방 무사 십여 명이 죽었으니 원한이 골수에 맺혔을 것이다.

그래서 구사문이나 감상택, 흑도방이라면 살수 조직에게 호리 목숨을 청부했을 수도 있을 것이라고 판단한 것이었다.

그들일 수밖에 없다고 짐작하는 중요한 이유는, 그들 말고는 호리를 죽이려고 이를 갈 만한 자들이 없었기 때문이다.

호리는 살수들에 대해서 아는 것이 거의 없다. 그래서 그들이 한 번의 공격에서 실패를 했으니 이대로 끝을 낼 것인지, 아니면 끝까지 추격을 해서 계속 자신의 목숨을 노릴 것인지 짐작조차 할 수가 없는 상황이었다.

'골치 아프게 생겼군.'

호리는 이마를 좁혔다. 낙양에 거의 도착했는데 전혀 뜻하지 않은 일이 터져 버린 것이다.

'하지만 제아무리 살수라고 해도 이 밤중에 강상에서 추격하지는 않겠지. 어쨌든 지금으로서는 최대한 멀리 달아나는 것이 상책이다!'

현재 호리궁은 네 개의 돛을 모두 활짝 편 상태다. 하늘이

돕는지 때마침 불어오는 순풍을 받아 전속력으로 달리고 있는 중이었다.

강상에는 드문드문 밤 그물을 치거나 밤낚시를 하는 배들이 떠 있는 광경이 보였지만 호리궁이 달리는 데 지장을 줄 정도는 아니었다.

'잘됐어. 이 정도 속도라면 동이 틀 때까지 오십 리 이상은 너끈히 갈 수 있을 거야.'

호리는 골치 아픈 일을 훌훌 털어버리기라도 하려는 듯 고개를 세차게 흔들면서 속으로 중얼거리다가 뚝 멈추고 호선을 굽어보았다.

사십여 일 전에 호선이 호리를 잠시 동안 떠났다가 돌아온 이후 일체의 추적은 없었다.

그날 이후 호선은 며칠 동안 호리궁 주변을 살피는 것 같더니, 이윽고 사흘이 지난 후부터는 추적에 대해서 까맣게 잊은 것처럼 신경도 쓰지 않았었다.

그래서 호리도 더 이상의 추적은 없을 것이라고 여겼었다.

그리고 아까 호선을 목욕시켜 주다가 깨달은 사실, 즉 그 당시에 호선이 추적을 청부했던 자를 만나서 무언가 담판을 지었을 것이라는 결론에 도달했었다.

그렇다면 개방 거지들이 호선을 추적하는 것은 사십여 일 전의 그들과는 상관이 없다는 뜻이 아니겠는가.

문득 호리는 뒤를 돌아보았다.

공력을 끌어올려 안력이 미치는 곳까지 주시했지만 뒤쫓는 배 같은 것은 보이지 않았다.

개방 거지들이 어부나 선원들을 구하는 일이 늦어지고 있는 모양이었다.

호리로서는 다행한 일이었다.

노를 젓는 작은 전마선이 아닌 대부분의 돛배들은 전문적인 기술 없이는 몰기가 어렵다.

더구나 돛배에 대해서 모르는 사람이 밤에 함부로 모는 것은 자살 행위나 다름이 없는 행동이다. 그래서 어부나 선원이 필요한 것이다.

"참! 그런데 말이야."

그때 호선이 생각난 듯이 입을 열었다.

"뭐가?"

호선은 서 있는 호리의 하체 중요한 부위를 빤히 주시했다.

"물린 곳은 이제 괜찮아?"

"……."

호리는 그녀가 한 말이 무슨 뜻인지 잠시 생각하다가 얼굴이 화끈 달아올랐다.

그의 음경은 호선에게 물렸을 당시보다는 많이 나아져서 행동을 하는 데에 큰 지장은 없지만 아직도 약간 부어 있는 상태였다.

호리가 쑥스러움 때문에 얼른 대답을 하지 않자 호선은 달리 해석을 했다.

"아직도 낫지 않은 거야?"

호리는 입을 굳게 다문 채 일부러 모른 체하면서 빨리 이 상황이 지나가기만을 기다렸다.

자신이 대답을 하지 않으면 곧 호선도 신경을 쓰지 않을 것이라 여긴 것이다.

하지만 상황은 그의 뜻대로 풀리지 않았다.

"어디 좀 봐."

호선이 술항아리를 내려놓고는 서 있는 호리 앞에 무릎걸음으로 다가오더니 대뜸 그의 괴춤으로 두 손을 뻗었다.

"뭐, 뭐야? 그만둬!"

쿵!

호리가 호선의 머리를 거칠게 밀어버리는 바람에 그녀는 바닥에 세게 엉덩방아를 찧고 말았다.

"왜 그래?"

호선은 주저앉은 채 다리를 벌린 흐트러진 자세로 호리를 바라보는데 얼굴에는 의아한 표정이 가득했다.

그녀가 왜 의아해하는지 모를 리가 없는 호리다.

그는 아무렇지도 않게 수도 없이 호선의 알몸을 구석구석

보고 만졌으면서, 왜 그녀가 호리를 만지려 하는 것은 질색을 하느냐는 것이었다.

처음에 호리가 중상을 당한 호선을 구한 후 치료를 하는 과정에서 그녀를 벌거벗겼던 것과 그 이후로도 이따금 그녀를 치료하느라 알몸으로 만들고, 또 온몸을 만졌던 행위는 어쩔 수 없는 상황이었다.

그렇지만 그 후 그녀가 목욕을 시켜달라고 졸랐을 때에는, 호리가 얼마든지 거절을 할 수 있었다.

그러나 호리는 거절하지 못했다. 그녀를 치료하는 과정에서 이미 그녀의 나신을 속속들이 봤고 또 만졌었다는 사실이, 그의 경계심과 수양을 무너뜨렸다.

'난 이미 치료를 하면서 그녀의 몸을 다 봤고 또 만졌어. 그것과 목욕이 뭐가 다르겠어? 라고 스스로를 타이르기까지 했던 그였다.

그래서 습관은 무서운 것이다.

최초에 호선을 목욕시켜 줄 때가 어려웠지, 횟수가 거듭될수록 호리는 자신이 호선을 목욕시키는 것이 지극히 당연한 행동이라고 여기게 되었다.

오히려 목욕을 시키면서 때로는 그녀의 완벽에 가까운 몸매를 감상하는 여유마저 갖게 되었다. 그러면서 둘 사이는 급속도로 가까워졌다.

몇 년이 걸려야 쌓을 수 있는 친밀감을 두 사람은 불과 며칠 만에 이루었다.

그리고 그녀를 만난 지 백여 일이 지난 지금, 두 사람은 육체 관계만 맺지 않았을 뿐이지 부부나 다름이 없을 만큼 정신적으로나 육체적으로 긴밀한 사이가 되어 있었다.

둘 사이에는 아무도 끼어들 수 없고, 갈라놓을 수도 없는 두 사람만의 끈끈한 유대감(紐帶感)이 형성된 것이다.

그런 긴밀함과 유대감이 형성되어 가는 과정에서 호리가 간과한 것이 하나 있다.

그가 호선의 알몸을 보고 만지는 것에는 무언의 조건과 의무가 뒤따른다는 사실이었다.

그가 호선의 알몸을 보고 만질 때에는, 그녀도 기회만 되면 언제든지 그렇게 할 수 있다는 잠정적인 묵약(默約)이 바닥에 깔려 있었다.

쉽게 말해서 호리가 했다면, 호선도 할 수 있는 것이다.

다만 지금껏 호선이 그러지 않았을 뿐이었다.

호선은 호리가 그랬던 것처럼, 언제든지 호리의 알몸을 보고 만질 수 있다.

그것이 두 사람이 백여 일 동안 알게 모르게 쌓고 만들어온 긴밀함과 유대감의 실체의 한 부분인 것이다.

방금 호선이 호리의 괴춤으로 손을 뻗은 것은 그의 바지를 내리고 음경의 상태를 보려는 목적이었다.

호선은 여태껏 자신과 호리가 함께 만들어왔던 둘만의 유대감을 굳게 믿었는데, 호리가 그것을 배신한 것이다.

아주 짧은 순간이지만 호리는 그것을 깨달았다. 그러면서도 입에서는 생각지도 않았던 말이 튀어나갔다.

"무슨 짓이야?"

자신이 방금 깨달은 사실에 대해서 놀라고 또 당혹스러웠기 때문이었다.

호선은 다소 성난 표정의 그를 망연자실 바라보았다.

그녀의 얼굴에는 단 하나의 표정만 떠올라 있었다.

불신(不信)이었다.

자신이 지금 겪고 있는 상황을 이해할 수도, 믿을 수도 없다는 그런 표정인 것이다.

문득 호리는 주저앉아 있는 호선 뒤쪽 선실 벽에 설치되어 있는 전음통이 눈에 띄었다.

자신과 호선이 나눈 대화를 철웅과 은초도 들었을 것이라는 생각이 퍼뜩 들었다.

조금 전에 호선이 호리의 괴춤으로 손을 뻗었을 때처럼 얼굴이 화끈 달아올랐다.

호선은 원래의 자리로 돌아가서 선실 벽에 등을 기대고 술항아리를 안은 채 술을 마시기 시작했다.

선실 안은 조금 전의 고요함으로 되돌아갔다. 마치 아무 일도 없었던 것처럼.

그러나 그것은 표면적일 뿐이다. 두 사람의 마음은 이미 조금 전과 같지 않았다.

호리는 호선이 마음의 상처를 입었다는 것을 느꼈다. 그렇지만 어떻게 해야 할지를 몰랐다.

그런 것을 알고 또 대처하기에는 그는 아직 어렸고 경험이 부족했다.

第四十二章
본능적 예감(豫感)

一擲賭者 乾乞坤

그렇게 얼마나 시간이 흘렀는지 모른다.

반 시진? 아니, 어쩌면 더 많은 시간이 지났을 것이다.

호선은 여전히 호리 옆 선실 벽에 기대어 앉아서 술을 마시고 있고, 호리는 우뚝 서서 타기를 움켜잡은 채 전면만을 쏘아보고 있었다.

후회는 아무리 빨라도 늦다고 했다.

호리는 벌써 호선에게 미안하다고 사과를 했어야 했지만 아직도 그러지 못하고 있었다.

처음에 뭐라고 말을 꺼내야 할지 적당한 단어를 찾아내지 못한 것이다. 아니, 솔직히 말하자면 용기가 없었다.

호리는 호선에게 개방의 거지들이 항주성에서부터 추적을 하고 있다는 사실에 대해서 상의를 하려고 했는데, 그 일은 이미 물 건너가 버린 상태였다.

지금은 어떻게 하든지 이 어색한 상황을 극복하는 것이 중요한 일이었다.

그때 바람결에 무슨 소리가 들려왔다. 누군가 나직이 속삭이는 말소리였다.

"너무 가깝다. 들키기 전에 속도를 줄여라."

"알겠습니다."

후미에서 들려온 두 사람의 대화였고, 귀에 익은 목소리였다.

바로 개방 낙녕 분타주와 노탁이라는 거지였다.

쿵!

그때 호선이 술 항아리를 내려놓더니 천천히 일어나서 선실 뒤창을 통해 뒤쪽을 바라보았다.

호리도 뒤돌아보았다.

어둠 속 삼사십 장 뒤에서 한 척의 고깃배가 따라오고 있는 것이 보였다.

조금 안력을 돋우었다. 고깃배는 호리궁 절반 정도 크기인데 선상에 십여 명의 거지들이 엄폐물에 몸을 숨기고 있었지만 호리의 눈을 피하지는 못했다.

거지들이 타고 있는 고깃배는 돛이 두 개짜리인데, 어디서나 흔하게 볼 수 있는 평범한 배였다.

호리는 저런 평범한 고깃배가 늦게 출발했으면서도 어떻게 해서 호리궁을 따라잡은 것인지 알 수가 없어서 잠시 어리둥절했다.

그러나 그것은 많은 무림인들이 사용하는 아주 간단한 방법이었다.

고수 한두 명이 배 고물 쪽에 서서 강을 향해 장풍을 뿜어내면 된다.

그렇게 하면 장풍이 수면을 때려 그 반탄력으로 배가 쏜살같이 앞으로 나아가는 것이다.

물론 장풍을 발출하는 사람의 공력이 높을수록 배는 더 빨리 쏘아나간다.

그때 호선이 선실 밖으로 나가더니 호리궁의 고물 쪽으로 걸어갔다.

"호선아! 어딜 가는 거야?"

호리가 선실의 옆 창문 쪽을 스쳐 걸어가는 호선을 돌아보면서 물었으나 그녀는 대답하지 않았다.

그렇다고 타기를 놓고 쫓아갈 수도 없는 상황이었다.

"철웅, 은초, 빨리 선실로 올라와라."

호리는 전음통을 향해 급히 외치고 뒤를 돌아보았다.

호선이 호리궁의 고물에 호리 쪽을 향해 등을 보인 채 우뚝 서 있는 모습이 보였다.

그러더니 그녀가 호리를 돌아보았다.

두 사람의 시선이 마주쳤다.

그러자 호선이 배시시 부드러운 미소를 지어 보였다.

'다 이해할 수 있어. 괜찮아.'

호리는 그녀의 미소에서 그런 의미를 감지했다.

그러자 마치 심장을 세게 꽉 쥐었다가 놓은 것처럼 그의 가슴이 뭉클했다.

'호선아……'

순간 호선은 호리궁 뒤쪽 강을 향해 훌쩍 신형을 날렸다.

호리는 직감적으로 그녀가 개방 거지들에게 가는 것이라고 판단했다.

"무슨 일이야?"

그때 은초와 철웅이 급히 계단을 올라왔다.

"철웅아! 타기 잡아라!"

호리는 철웅에게 타기를 넘기고는 급히 선실을 나갔다.

그런데 그가 고물 쪽으로 달려가려고 할 때 갑자기 호리궁의 앞쪽 허공에서 바람이 갈대숲을 스쳐 지나가는 듯한 소리가 들려왔다.

쏴아아—

호리는 급히 뒤돌아서서 밤하늘을 쳐다보았지만 아무것도 보이지 않았다.

쏴아아—

그러나 바람 소리가 계속 들려왔기 때문에 그는 소리가 들려오는 호리궁 전면의 하늘을 뚫어지게 쏘아보았다.

"……!"

그런데 바로 그때 하늘이 약간 움직이는 것 같았다.

'하늘이 움직이다니……'

호리는 안력을 돋우어 날카롭게 쏘아보았다.

착각이 아니었다. 잔잔한 호수의 수면에 낙엽 하나가 떨어져서 일렁이듯이, 하늘이 이지러지면서 움직이는 것을 호리는 똑똑히 보았다.

다음 순간 그는 몸이 굳어지며 두 눈이 크게 떠졌다.

쏴아아아—

바람 소리가 조금 더 크게 났고, 그가 쳐다보고 있는 하늘의 삼분의 일 정도가 하늘에서 뚝 떼어지면서 아래를 향해 비스듬히 내리꽂히고 있었다.

'연(鳶)!'

그렇다. 온통 시커먼 커다란 연 열 개가 하늘을 낮게 뒤덮은 상태에서 호리궁을 향해 비스듬히 하강하고 있었다.

본능적 예감(豫感) 211

연의 크기는 가로가 거의 일 장에 달했으며 세로는 일곱 자 정도였다.

그런데 연은 영락없이 거대한 박쥐가 날개를 활짝 펼치고 있는 모습이었다.

그때 호리는 연에 사람이 타고 있는 것을 발견했다.

'사람!'

박쥐의 몸통에 해당하는 부위에 연과 똑같이 먹처럼 검은색의 옷을 입고 얼굴도 검은 복면으로 가린 사람이 두 팔을 양쪽으로 활짝 벌려 날개 아래쪽에 부착된 둥근 고리를 잡고 있었다.

호리는 연 아래쪽에 몸을 쭉 편 채 찰싹 달라붙어 있는 자들의 복장을 얼마 전에 낙녕현의 주루에서 본 적이 있었다.

그는 속으로 낮게 외쳤다.

'색혈루의 살수들이다!'

주루에서 호리를 죽이려고 했던 방갓인들이 갈색 장포 안쪽에 입고 있던 복장과 일치했다.

고깃배의 선실에 있던 거지들은 전면을 보면서 한결같이 경악하고 있었다.

그중에서도 풍호개의 놀라움이 가장 컸다. 그의 시선 끝에서는 한 마리 봉황이 날개를 활짝 펼친 채 강 위를 훨훨 날아오고 있었다.

싸구려 봉황의를 입은 호선이 허공을 날아오는 것이지만 풍호개는 한 마리 봉황이 날아오는 듯한 착각을 느꼈다.

촤아아—

갑자기 살수들이 허공 오 장여 높이를 비행하고 있는 열 개의 박쥐연, 즉 편복비연(蝙蝠飛鳶)에서 분리되는가 싶더니 호리궁을 향해 쏜살같이 내리꽂혔다.

"철웅과 은초는 절대 선실 밖으로 나오지 마라!"

호리는 오른손으로 어깨의 칠룡검을 잡으면서 이심전각의 수법으로 철웅과 은초에게 당부했다.

후갑판 한복판에 우뚝 선 그는 자신을 향해 쏘아져 내리고 있는 열 명의 살수들을 예리하게 쓸어보았다.

살수들은 하강하면서 기민하게 몸을 뒤틀어서 호리궁으로 방향을 잡더니, 이 장 높이에서는 정확하게 호리를 향해 한꺼번에 쏟아져 내렸다.

호리는 적이 당황했다.

그렇다고 겁이 나는 것은 아니다. 그는 사부 곁을 떠난 이후 수많은 싸움과 무수한 죽음의 위기를 넘겼었지만 한 번도 겁을 먹은 적이 없었다.

그는 선천적으로 겁을 모르는 성격이다.

다만 지금은 열 명의 살수들을 한꺼번에 상대하는 것에 대해서 조금 위축됐을 뿐이다.

강한 자들. 더구나 열 명의 살수를 한꺼번에 상대할 것이라고는 생각해 본 적이 없었다.

그러나 그것은 자신이 없다는 뜻이 아니다. 그에게 넘쳐 나는 것 중에 하나가 자신감이 아닌가.

호리는 재빨리 열 명의 살수들의 거리와 위치, 그리고 각도를 살폈다.

기이하게도 열 명 중에서 중복되는 방향은 단 한 명도 없었다. 열 명이 정확하게 호리를 완벽하게 에워싼 상태로 열 방향에서 쏘아오고 있는 것이다. 고도의 수련을 받은 자들이 틀림없었다.

또한 열 명 모두가 호리로부터 일 장에서 일 장 반 거리 내를 쇄도하고 있는 중이다.

각기 다른 위치의 편복비연에서 분리되어 하강을 시작했는데도, 공격할 때에 정확하게 대오를 맞춘다는 것 역시 쉬운 일이 아니다.

그 순간 호리의 두뇌가 그 자신도 믿어지지 않을 정도로 빠르게 회전했다.

제일 먼저 검풍을 발출하여 전면 좌우의 둘을 죽인다. 그는 검풍을 한 번에 두 개 이상 만들어내지 못한다.

그다음 순간 오른쪽으로 반회전하면서 연결 동작으로 검린을 발출하며 전면과 오른쪽 사이의 한 명, 그리고 오른쪽에 한 명, 오른쪽과 배후 사이에 한 명, 마지막으로 배후의 한 명을 죽인다.

계속 오른쪽으로 회전하면서 네 개의 검화를 뿜어내 나머지 네 명을 죽인다.

설명은 길지만 그 모든 동작이 눈 한 번 깜빡이는 찰나지간에 이루어져야만 한다.

또한 살수들이 검화나 검린, 검풍을 발출하지 않는다는 전제하에 이 계획이 가능하다.

호리가 항주성에 있을 때 하오문도들에게 들은 빈약한 상식에 의하면 살수들은 반드시 진검(眞劍)으로 표적을 죽인다는 것이다.

그게 사실이라면 살수들이 검을 찌를 수 있는 거리인 일곱 자 밖에서 모두 죽여야만 하는 것이다.

지금으로서는 하오문도들에게 들었던 어설픈 상식을 믿을 수밖에 없었다.

만약 호리의 계획이 터럭만큼이라도 빗나가거나 초식이 일호라도 흐트러져서 살수를 한 명이라도 살려준다면, 그 한 명이 호리의 목숨을 앗아가게 될 것이다.

여덟 명도 아홉 명도 아닌, 열 명을 한꺼번에 죽여야만 한다.

그가 궁리하는 사이에 열 명의 살수들은 이미 일 장까지 쇄도하고 있었다.

'이런!'

아니, 그중에 가장 빠른 두 명이 어느새 여덟 자까지 좁혀 드는 중이었다.

그리고 그 방향은 호리가 제일 먼저 죽이려고 계획했던 전면이 아니라 왼쪽이었다.

검이 오른쪽 어깨에 메어져 있고, 오른손잡이일 경우에는 오른쪽으로 회전을 하면서 초식을 전개하는 것이 훨씬 수월한 법이다.

촤아앙!

그 순간 열 명의 살수가 일제히 어깨의 검을 뽑았다.

호리로서는 왼쪽이든 배후든 그 어느 쪽이든 더 늦기 전에 공격을 전개해야만 하는 순간이다.

방금 전에 그가 세웠던 계획은 한순간에 어그러져 버렸다.

스슥!

그는 거의 본능적으로 청점활비의 한 변화를 두 발로 일으키면서 왼쪽으로 재빨리 몸을 돌렸다. 그와 동시에 그의 오른손은 칠룡검을 뽑고 있었다.

표적이 전면의 살수에서 왼쪽의 살수로 바뀌는 바람에 그가 최초에 계획했던 것보다 공격 시기가 일수유(一須臾)의 반 정도 늦어지고 말았다.

더구나 방향이 전면에서 왼쪽으로 바뀌었다. 만약 일이 잘못된다면 그것 때문일 것이다.

그 순간, 칠룡검이 가장 가깝게 쇄도한 왼쪽 두 명의 살수를 향해 번개처럼 그어가는 동안 검신이 푸른색으로 빛나는가 싶더니, 칠룡검이 막 스쳐 지나간 허공의 한곳에서 번쩍! 하며 두 줄기 푸른 불꽃이 만들어지고 또 뿜어졌다.

쌕!

호리의 검풍은 최장 사 장까지 쏘아갈 수 있지만, 지금은 불과 두석 자 거리를 쏘아가는 것이라 파공음이 몹시 짧고 미약하게 흘러나왔다.

퍽! 퍽!

푸른 불꽃, 즉 두 개의 검풍이 왼쪽 살수 두 명의 심장을 관통했다.

그때에 호리는 이미 왼쪽으로 회전하는 중이었으며, 칠룡검 검첨이 미세한 떨림을 일으키면서 연속적으로 네 개의 검린을 뿜어내고 있었다.

차아!

짧은 파공음에 이어 왼쪽과 배후 사이의 한 명과 배후의 한 명, 배후와 오른쪽 사이의 한 명이 거의 동시에 미간과 목 한복판에 구멍이 뚫렸다.

네 개의 검린을 발출했는데 하나가 밤하늘로 비스듬히 쏘아가다가 소멸해 버렸다.

호리가 처음 계획했을 때에는 검풍으로 두 명, 검린으로 네 명을 해치우는 것이었는데 왼쪽으로 회전하는 방향에는 한 명이 비었다.

휘이이—

그러나 호리의 회전은 멈추지 않고 계속됐다.

계속될 수밖에 없었다. 멈출 수도, 멈춰서도 안 된다. 이번에는 검화를 펼칠 차례다.

검화는 단지 비화검을 펼치기만 하면 자연적으로 만들어져서 발출된다.

파파팟팟!

칠룡검에서 눈부신 검화가 피어나자마자 살수 세 명의 머리와 몸뚱이를 관통했다.

호리의 거의 본능적인 모든 동작을 눈 한 번 깜빡이는 순간에 해냈다.

하지만 여덟을 죽였고, 두 명이 살아남았다.

츄웃!

살아남은 두 명의 살수는 여섯 자 내로 쇄도해 있었고, 그들의 두 자루 검이 반 자 거리에서 호리의 왼쪽 귀밑과 심장을 찔러오고 있었다.

살수는 결코 장검(長劍)을 사용하지 않는다.

석 자 혹은 석 자 반 길이의 장검은 길다는 장점을 갖고 있지만, 길기 때문에 빠른 순간에 초식을 완벽하게 전개하지 못한다는 단점을 갖고 있다.

또한 검이 신체의 어느 부위를 찌르고 베었는지 가장 정확하게 알 수 있는 길이가 두 자, 길어야 두 자 반이다.

살수들이 장검을 사용하지 않는다는 사실은 호리로서도 몰랐던 사실이다.

그것이 지금 호리의 목숨을 살렸다. 만약 석 자나 석 자 반 길이의 장검이었다면, 호리의 귀밑과 심장은 여지없이 꿰뚫렸을 것이다.

하지만 지금 이 순간에 반 자, 아니, 서너 치까지 엄습하고 있는 이 두 자루 검을 피하지 못한다면 아무런 소용이 없었다. 목숨을 잃기는 매한가지였다.

그 순간 신기한 일이 일어났다.

스사사!

호리의 두 발이 무언가 변화를 일으키고 있었다.

그리고 다음 순간에 그의 뇌가 청점활비를 밟아 위기에서 빠져나오라고 두 발에게 명령했다.

그러나 그의 두 발이 이미 시도하고 있는 변화는 바로 뇌가

지시한 청점활비의 변화였다.

머리가 지시하기도 전에 몸이 먼저 반응한 것이다. 이것은 밤을 낮 삼아서 불철주야 무공 수련을 한 덕분이라고밖에는 달리 이해할 방도가 없었다.

스우!

두 발이 청점활비의 변화를 밟자 호리의 몸이 수직으로 쏜살같이 떠올랐다.

파아!

그 순간 그의 귀밑을 찌르려 했던 검이 왼쪽 종아리 바깥쪽을 찔렀으며 심장을 찌르려던 검은 오른발 정강이를 깊숙이 찔렀다.

상승하던 호리의 몸이 두 자루 검에 종아리와 정강이가 찔린 채 바닥에서 다섯 자 높이에서 뚝 정지했다.

두 명의 살수가 뚫어진 복면의 눈구멍을 통해서 재빨리 호리를 올려다보았다.

그들의 동공이 흔들리는 것을 호리는 똑똑히 보았다.

촤악!

다음 순간 칠룡검이 마치 노를 젓는 것처럼 왼쪽에서 오른쪽으로 번개같이 수평으로 베어가면서 두 살수의 옆머리를 한꺼번에 쪼갰다.

칠룡검은 두 살수의 옆머리를 통째로 베었지만 한 방울의 피도 뿜어 나오지 않았으며, 그들의 머리는 여전히 붙어 있는 상태였다.

호리는 그들이 쓰러지기 전에 두 자루의 검에서 급히 자신의 종아리와 정강이를 뽑아냈다.

쿵!

두 다리의 통증 때문에 호리가 바닥에 비틀거리면서 내려서자 마치 그때를 기다렸다는 듯이 열 명의 살수들이 우르르 쓰러졌다.

"으윽!"

호리는 비틀거리며 쓰러질 뻔하다가 난간을 붙잡으면서 겨우 버티고 섰다.

"다쳤어?"

그때 호리의 뇌가 가볍게 울렸다. 호선의 근심 어린 목소리가 이심전각의 수법으로 들려온 것이었다.

호리는 난간에 등을 기댄 채 고개를 돌려 개방 거지들의 배를 쳐다보았다.

그 배의 선수에 호선이 우뚝 서서 이쪽을 바라보고 있는 모습이 보였다.

"다치긴, 후후! 내가 쉽게 당할 놈이냐?"

호리도 이심전각으로 대답을 해주었다. 다리를 약간 다친 정도로 호선을 걱정시키고 싶지는 않았다.

호선은 방금 개방 거지들의 배를 향해 쏘아가는 중이었고 또 올라서느라 호리궁에서 벌어지는 상황을 자세히 알지 못하는 것 같았다.

물론 살수들이 편복비연을 타고 호리궁으로 하강하고 있는 것은 보았다.

하지만 호리 정도 실력이라면 능히 그들을 처리할 수 있을 것이라고 판단했기 때문에 그대로 개방 거지들의 배로 향했던 것이다.

호리의 시야에 호선이 안심한 듯 방긋 예쁘게 미소를 짓는 모습이 보였다.

그러는가 싶더니 그녀는 몸을 돌려 배의 뒤쪽을 향해 똑바로 걸어갔다.

"호리야!"

선실 안에서 숨을 죽이고 있던 철웅과 은초가 그제야 후닥닥 달려나왔다.

그러나 호리는 난간에 기댄 채 무슨 생각을 하느라 그들이 부르는 소리를 듣지 못했다.

방금 전에 있었던 자신과 살수들 사이의 격돌을 되새기고 있는 중이었다.

공격하기 직전에 세웠던 계획이 실패했다. 그것 때문에 하마터면 호리는 죽거나 중상을 입을 뻔했다.

그는 자가당착에 빠졌다.

'그렇다면 싸우기 전의 사전계획이란 불필요한 것인가?'

싸움에서의 상황은 촌각마다 급변한다.

여차하면 목이 달아나는 판국에 계획을 세웠다가 상황이 변할 때마다 다급히 수정하거나 다시 계획을 세울 수는 없는 노릇이다.

'음! 그렇다면 단지 본능과 습관, 그리고 그때그때의 임기응변뿐이라는 것이로군.'

그때 은초가 호리의 두 다리에서 피가 흐르는 것을 발견하고 소리쳤다.

"호리야! 네 다리에서… 읍!"

호리가 재빨리 그의 입을 틀어막는 바람에 다음 말은 이어지지 않았다.

호리는 급히 개방 거지들의 배를 쳐다보았다.

아니나 다를까, 그 배 위를 걸어가던 호선이 걸음을 멈추고 호리궁 쪽을 돌아보는 모습이 보였다. 방금 전에 은초의 외침을 들었던 것이다.

그녀의 그런 행동은, 비록 몸은 멀리 떨어져 있지만 온 신경은 호리에게 집중되어 있다는 사실을 여실히 말해주고 있는 것이었다.

호리는 또 한 번 가슴이 뭉클해졌다.

그는 호선을 향해 별일 아니라는 듯 미소를 지으면서 팔을 들어 흔들어 보였다.

이어서 철웅에게 지시했다.

"철웅, 즉시 닻을 내려라. 호선이 돌아올 때까지 이곳에서 대기한다."

풍호개는 숨을 딱 멈추었다. 멈추려고 해서 멈춘 것이 아니라 저절로 멈춰졌다.

그뿐만 아니라 그 배에 타고 있는 열한 명의 거지들 모두 동시에 호흡을 정지시켰다.

그럴 수밖에 없었다.

절색의 미소녀 한 명이 추격하던 앞쪽의 배에서 훌쩍 신형을 날리더니, 십오륙 장쯤 이르러 발끝으로 수면을 한 차례 살짝 딛고는 계속 날아와 자신들의 배에 가볍게 올라서는 광경을 두 눈으로 똑똑히 목격했기에, 놀라지 않는다면 사람의 간담이 아닐 터이다.

이 배와 추격하던 배의 거리는 적게 잡아도 삼십오륙 장은 되고도 넘었다.

풍호개는 당금 무림에서 그 정도의 신위를 지닌 인물이 무림오황의 지존들이나 그들의 측근 정도밖에는 없을 것이라 여기고 있었다.

그는 호선의 진짜 신분에 대해서는 모르고 있지만 개방 총타에서 낙녕 분타로 보내온 명령서에 '그녀는 절정고수이므로 절대로 경거망동해서는 안 된다'고 기록되어 있었던 것을 생생하게 기억하고 있기에 지금 이 순간 호흡은 물론 오금마저 저려왔다.

이윽고 호선은 배의 한복판에서 걸음을 멈추었다.

열한 명의 개방 거지들은 낡은 선실이나 갑판 여기저기에 흩어져 있는 어구(漁具)에 몸을 숨긴 채, 이제 곧 무슨 일이 벌어질 것인지 나름대로 바쁘게 상상하면서 숨도 쉬지 못하고 있었다.

"누가 우두머리냐?"

호선이 배의 고물을 향해 우뚝 선 채 조용히 입을 열었다.

그러나 아무도 대답하지 않았고, 아무도 움직이지 않았으며, 쥐 죽은 듯이 조용했다.

그저 타고 있는 고깃배만 가고 있던 방향으로 유유히 흘러가고 있을 뿐이다.

슥!

호선의 왼손이 가볍게 슬쩍 움직였다. 마치 먼지를 털어내는 듯한 움직임이었다.

푸아악!

다음 순간 호선에게서 반 장 떨어져 있던 선실이 삽시간에 가루가 되어 날아갔다.

부서지거나 무너진 것이 아니라 마치 반반한 돌 위에 놓인 한 톨의 콩을 쇠망치로 내려쳐서 짓이긴 것처럼 완전히 으스러져서 허공으로 흩어져 버린 것이다.

선실이 있던 자리는 평평해져서 갑판이나 다를 바가 없는 광경이었다.

선실 안에는 네 명의 개방 거지들이 자세를 한껏 낮춘 채 죽은 듯이 숨어 있다가 신음 한마디 지르지 못하고 불귀의 객이 되고 말았다.

풍호개와 노탁은 선실에 없었다. 원래는 선실 안에 있었지만 호선이 쏘아오는 것을 보고 즉시 나와 고물 쪽에 쌓아놓은 그물 뒤에 숨었었다.

"나와라."

호선이 다시 조용히 말했다.

짙은 안개 같은 공포가 배 위를 낮게 흘러 다녔다.

풍호개는 자신들이 어디에 숨어 있는지 호선이 족집게처럼 알고 있을 것이라고 생각했다.

또한 자신이 나가지 않으면 이번에는 나머지 개방 거지들을 모두 죽일 것이라는 생각도 들었다.

강 한복판에서 도망칠 수도 없고, 그렇다고 남은 거지들 일곱 명이 합공을 해봤자 달걀로 바위를 치는 격이다.

아니, 가만히 숨어 있다가 개죽음을 당하느니 차라리 부를 때 나가서 살길을 모색하는 편이 나을 것이라는 생각이 문득 들었다.

풍호개를 포함한 개방 거지들의 임무는 호선을 찾아내어 감시, 미행하는 것이지 싸워서 제압하거나 죽이는 것이 아니지 않은가. 그러니 굳이 목숨을 바칠 이유가 없었다.

풍호개는 누가 무엇 때문에 호선을 원하는 것인지 모른다.

지금 그가 내릴 수 있는 최선의 판단은 자신도 살고, 수하 거지들도 살리는 것이었다.

이래 죽으나 저래 죽으나 마찬가지였다. 원래 지쳐 있는 말은 채찍을 두려워하지 않는 법이다[疲馬不畏鞭箠].

"나요."

이윽고 풍호개가 그물에서 나와 무거운 발걸음으로 호선에게 걸어가면서 억눌린 듯한 목소리를 냈다.

그를 따라서 사방에서 노탁과 거지들이 주춤주춤 모습을 드러내는데 얼굴에는 공포가 가득했다.

"왜 날 쫓느냐?"

호선이 비스듬히 밤하늘을 바라보며 조용히 물었다. 풍호개에게는 시선조차 주지 않았다.

그것은 절대적 강자만이 지닐 수 있는 여유였고 풍호개는 그런 것을 한 번도 본 적이 없지만 그냥 느낄 수 있었다.

"모릅… 니다."

풍호개는 호선의 네 걸음 전면에 멈춰서 최대한 꼿꼿하게 서 있으려고 애쓰면서 대답했다.

그러나 꼿꼿하게 서면 무엇을 하는가. 이미 그의 목소리는 자신도 모르는 사이에 떨리면서 더듬거렸고 누가 시킨 것도 아닌데 존대를 하고 있지 않은가.

나하고 상대가 엇비슷할 때야 도토리 키 재기도 하는 것이지. 강자 앞에서는 그에 맞는 태도를 취하면 된다는 사실을 풍호개는 방금 깨달았다.

"너는 누구냐?"

"개방… 낙녕 분타주 풍호개라고 합니다."

속일 이유가 없었고 속여서 될 일도 아니었다. 풍호개는 대답하고 나서 조심스럽게 호선을 쳐다보았다.

"……."

그런데 그는 호선을 보는 순간 심장이 덜컥 멎어버리는 듯한 충격을 받았다. 그녀가 아름답다거나 늘씬하다는 것은 아예 느끼지도 못했다.

그저 태산이 짓누르는 듯한 위압감을, 태양이 이글거리는 듯한 눈부심을 느꼈을 뿐이었다.

그는 호선 앞에서 한 마리 벌레나 다름이 없었다. 조금만 더 그녀를 바라보면 순식간에 타버릴 것만 같았다.

호선은 무림에 '개방'이라는 방파가 있다는 기억이 어렴풋이 가물거렸다.
"개방이 나를 쫓는 것이냐?"
"……."
그 물음에 풍호개는 본능적으로 입을 다물었다.
상대가 아무리 절정고수지만 개방의 분타주로서 오랜 세월 동안 엄하게 교육받아 온 '함구(緘口)'의 습관을 한순간에 깨뜨릴 수는 없는 일이었다.
호선의 시선은 여전히 밤하늘에 고정되어 있었다.
"겨우 너희들만으로 나를 미행한 것으로 미루어 너희의 목적은 나를 죽이는 것이 아닌 듯하다."
"그… 렇습니다."
풍호개는 얼른 대답했다.
"그러니 개방의 우두머리든, 나를 미행하라고 사주한 자에게 나를 안내해라. 그러면 너희를 살려주겠다."
풍호개는 눈과 귀가 번쩍 떠졌다.
"저… 정말입니까?"
호선은 대답하지 않았다.
그저 범접할 수 없는 위엄을 무서리처럼 뿜으면서 고고히 서 있을 뿐이다.
풍호개는 부지중에 말을 꺼냈다가 아차 싶은 표정으로 금

세 후회를 했다.

호선 같은 엄청난 기도를 지닌 사람이 식언을 한다면, 천하에 식언을 하지 않을 사람이 한 명도 없을 것이라는 생각이 든 것이다.

호선이 방금 한 제안은 풍호개에겐 살아날 수 있는 한줄기 희망의 빛줄기였다.

"기다려 주시겠습니까?"

풍호개는 조심스럽게 부탁했다. 말은 부탁이지만 그의 내심은 애원이었다.

호선이 아무 말이 없자 풍호개는 초조해졌다.

"그분은 이곳으로 오시는 중입니다."

호선은 호리궁 쪽을 쳐다보았다. 호리궁이 강 한복판에 정박해 있고 후갑판 난간 옆에 호리가 서서 이쪽을 바라보고 있는 모습이 보였다.

호선은 자신을 추적하고 있는 무리가 있다는 사실을 뻔히 알고 있으면서도 아무 일도 없다는 듯 호리와 함께 낙양으로 갈 수는 없었다.

지난번처럼 이번에도 깨끗이 처리하고 싶었다. 그러나 풍호개가 '그분'이라고 하는 인물이 누군지 왜 자신을 추적하는 것인지는 별로 궁금하지 않았다.

호선의 관심사는 그저 호리와 함께 편안하게 생활하는 것뿐이었다.

그것을 방해하는 것이 있다면 무엇이든 가차없이 물리칠 각오였다.

"그자는 언제 오지?"

풍호개에게는 '그분'이고 호선에겐 '그자'다.

"넉넉잡아 하루입니다. 그러나 그보다 더 빨리 오실지도 모르겠습니다."

하루는 너무 길다. 더 빨리 온다고 해도 하루보다 몇 시진 빠른 정도일 것이다.

'그냥 죽일까?'

호선은 풍호개를 바라보았다.

풍호개는 호선의 눈빛이 약간 서늘하게 변하는 것을 발견하고 움찔, 가볍게 몸을 떨었다.

그는 그 눈빛이 살기라고 판단했다. 극도의 초조감이 등줄기를 훑어 내렸다.

'풀을 꺾는다고 뿌리까지 뽑히지는 않아.'

호선은 가볍게 고개를 가로저었다. 풍호개 등을 죽이는 것이 능사가 아니라고 판단했다.

이들을 죽이면 지금 당장 추적은 사라지겠지만 다른 자들에 의해서 추적은 계속될 것이다.

호선은 다시 호리를 바라보며 이심전각을 보냈다.

본능적 예감(豫感) 231

"호리, 어딜 좀 다녀올 테니 먼저 출발해."

"기다릴게."

호리의 대답이 즉시 돌아왔다.

"하루 정도 걸려. 그냥 출발해."

그때 호리가 가볍게 눈살을 찌푸리는 모습이 호선의 눈에 똑똑히 보였다.

그러나 그것은 호선이 못마땅해서가 아니라 뭔가 생각하는 듯한 표정이었다.

"알았어. 낙양까지는 나흘 거리니까 곧장 뒤따라와."

"그래."

호리가 돌아서고 그의 넓은 등이 보였다.

그의 등을 보면서 호선은 갑자기 가슴이 저려왔다.

무엇 때문인지는 모르지만 그 저림은 온몸으로 빠르게 퍼지더니 입 안이 바싹 말라붙었다.

이런 느낌은 처음이었다. 아니, 느낌이라기보다는 본능인 것 같았다.

그렇지만 느낌이든 본능이든 그것이 무엇을 의미하는지, 아니면 예고하는 것인지 알 수가 없었다.

第四十三章
짧은 이별

一擲賭乾坤

 팔십여 일 전, 무림오황 검황루의 세 명의 장로 검황삼기(劍皇三奇) 중 정천기(霆天奇)가 항주성에 나타나서 개방 항주 분타주 철륵개(鐵勒丐)에게 한 소녀를 찾아내라고 명령한 일이 있었다.

 정천기의 말에 의하면, 그 소녀는 중상을 입은 상태인데 항주성 내에서 운하로 추락을 하여 떠내려갔다는 것이다.

 이후 철륵개의 조사 결과 항주성의 협잡꾼 호리라는 자가 값으로 따질 수도 없을 만큼 귀한 여자 젖가리개 하나를 갖고 성내 비단전에 나타났었다는 사실이 드러났다.

그 즉시 철륵개가 개방 거지들과 함께 달려갔으나 호리가 일행인 철웅, 은초, 그리고 한 소녀와 함께 복사파 우두머리 염복과 열두 명의 수하들을 모조리 죽이고는 금고를 강탈하는 등 복사파를 쑥대밭으로 만들어놓은 후 홀연히 사라진 사실을 알게 되었다.

숨어서 지켜본 목격자들의 말에 의하면, 호리와 함께 온 소녀가 일장을 발출하여 우그러진 채 떨어져 나간 복사파의 육중한 철문에 복사파 수하 세 명이 깔려 죽었고, 그다음에는 소녀가 염복의 목을 비틀어서 죽이더니, 자신을 베려는 염복 수하의 손에서 귀두도를 뺏어 그자의 머리를 자르고는, 그 즉시 귀두도를 던져서 여덟 조각으로 나누어 여덟 명의 수하들을 깡그리 죽여 없앴는데, 그 솜씨가 인간이라고는 믿어지지 않을 정도로 개세적(蓋世的)이었으며, 손속의 악랄함은 염마왕 같았다는 것이다.

철륵개는 그 소녀가 바로 검황루의 정천기가 찾는 '그녀'일 것이라고 판단하여 즉각 호리에 대해서 알려져 있는 모든 정보를 입수했다.

그 와중에 호리가 호리궁이라고 불리는 한 척의 배에서 생활하면서 동시에 그 배를 중요한 운송 수단으로 삼고 있다는 사실을 알게 되어 즉시 호리궁을 수배했으나 복사파의 전멸 이후 항주성 내에서 호리궁의 모습은 감쪽같이 사라져 버렸다는 것이다.

철륵개는 즉시 정천기에게 그런 사실들을 보고했고, 정천기는 자신의 수하들과 철륵개의 수하들 도합 백팔십여 명을 직접 이끌고 호리궁의 행적을 수색하는 한편, 개방 방주에게 명하여 개방 전체를 호리궁 수색에 총동원시켰다.

그러나 호리궁은 하늘로 솟았는지 아니면 땅속으로 꺼졌는지 흔적조차 찾을 수가 없었다.

검황루에서는 새로이 정예검수 삼백 명을 파견, 기존에 정천기가 이끌던 백 명을 포함하여 도합 사백 명이 정천기의 지휘하에 수색을 계속했다.

개방 고수들도 속속 당도하여 이십오 일쯤 지났을 때에는 무려 칠백여 명이 수색에 합류했다.

정천기는 호리궁이라는 배에서 생활하는 호리라는 협잡꾼이 우연한 기회에 소녀, 즉 봉황옥선후를 구출하여 살렸으며 이후 그녀의 요구에 따라 봉황궁이 있는 강서성(江西省) 파양호(鄱陽湖)로 갔을 것이라고 판단했다.

항주성을 지나는 전당강을 삼백오십여 리쯤 거슬러 오르면 최상류인 강서성과의 접경지대인 회옥산(懷玉山)에 이르고, 그 산을 넘어 강서성으로 들어서 이백여 리쯤 더 가면 파양호에 당도한다.

그래서 정천기는 옥선후와 호리 일행이 당연히 전당강을

거슬러 올라갔을 것이라고 판단했다.

그래서 항주에서 전당강 최상류인 회옥산까지의 삼백오십여 리를 검황루 정예검수 사백 명과 개방 고수 칠백여 명, 도합 천백 명이 조각배 한 척, 오두막 한 채, 나무 한 그루, 풀 한 포기마저도 그냥 지나치지 않고 샅샅이 뒤졌다.

그러나 호리궁은 하늘로 솟았는지 땅속으로 꺼졌는지 오리무중 흔적조차 찾을 수가 없었다.

호리와 옥선후가 복사파를 쑥밭으로 만들고 난 후 불과 반나절 만에 철륵개가 그 사실을 알게 됐었다.

그 이후 또 반나절 동안 호리를 수색하는 한편, 그에 대해서 조사하고는 그가 항주성을 떴다는 사실을 최종적으로 판단하게 되었었다.

그 즉시 철륵개가 항주성 내에 있던 정천기에게 그 사실을 알렸으니, 호리 일행이 복사파를 쑥밭으로 만들고 항주를 떠난 뒤 불과 한나절 만에 정천기가 알게 되어 조치를 취했던 것이다.

호리궁이라는 작은 배를 몰고 전당강을 거슬러 오른다면, 최상류 회옥산까지 삼백오십여 리 거리를 아무리 빨리 간다고 해도 족히 엿새는 걸릴 터이다.

호리궁이 항주성을 출발한 지 한나절 뒤에 정천기가 알았다고 해도 따라잡을 시간은 충분했다.

정천기는 회옥산 너머는 수색하지 못했다. 그곳은 강서 땅이고 봉황궁의 세력권이기 때문이다.

섣불리 침범하여 수색하다가 자칫 봉황궁 고수들에게 들키기라도 하는 날에는 옥선후를 급습, 살해하려던 음모를 검황루 혼자 고스란히 덤터기를 써버리는 최악의 상황이 벌어질지도 모른다.

아니, 필경 그렇게 될 것이다.

그것은 옥선후를 찾아내서 발본색원(拔本塞源)하지 못하여 후환을 남기게 되는 것보다 더 좋지 않은 최악의 상항을 초래하게 되는 지름길이다.

정천기는 위험을 감수하면서까지 회옥산 너머를 수색해야 할 이유가 없었다.

그가 수색을 시작하여 선두를 이끌고 전당강 최상류까지 당도한 시간은 이틀에 불과했다.

호리궁이 항주에서 전당강 최상류까지 삼백오십여 리 엿새 길을 불과 이틀 한나절 만에 주파했을 리가 없었다.

옥선후는 천하무림 다섯 명의 절대자 중 하나라는 엄청난 신분이며 더없이 존귀하고 오만한 여자다.

그런 그녀가 혼자서 봉황궁으로 가지 않고 한낱 벌레만도 못한 협잡꾼의 배에 동승하여 도움을 받으면서 함께 행동해야만 하는 이유는 오직 한 가지일 것이다.

요행히 목숨을 건지기는 했지만 아직 몸이 온전치 못한 것이 분명했다.

그래서 호리궁이라는 초라한 배와 호리라는 사기꾼, 협잡꾼이 필요했던 것이다.

천하의 봉황옥선후가 호리궁에 웅크린 채 숨어서, 협잡꾼의 비호를 받으며 도주하리라고는 그 누구도 상상하지 못할 것이라고 그녀 나름대로 계산했을 터이다.

사실 그 정도면 은폐치고는 최상이다.

만약 철륵개가 항주성 내 비단전에서 최고급 젖가리개라는 단서를 찾아내지 못했었다면 정천기가 그 사실을 어찌 알아낼 수 있었겠는가.

옥선후가 복사파 일당을 죽인 것은, 봉황궁까지 귀환해야 하는 자신의 길잡이로 부리려고 호리라는 놈을 자유롭게 해주기 위함이었을 것이다.

그리고 금고를 털어 거액을 쥐어줌으로써 호리에게 두둑한 보수를 쥐어준 것에 다름 아닐 터이다.

그렇지만 옥선후는 다 낡은 작은 배로 이동을 하고 있는 반면에, 정천기와 그가 이끄는 수많은 고수들은 수륙(水陸) 양면에서 샅샅이 수색을 했다.

호리궁이 전당강을 거슬러 오른다고 해봤자 하루에 꼬박 갈 수 있는 최장거리가 오십여 리에 불과하다는 것이 정천기의 계산이었다.

그렇지만 정천기가 강변을 따라 육지에서 달리면 하루에 족히 이백오십여 리를 갈 수 있다. 호리궁보다 다섯 배나 빠른 속도인 것이다.

정천기를 비롯하여 검황루 정예검수와 개방 고수 천백여 명이 전당강 일대를 새카맣게 덮은 채 수색을 했다.

그런데도 끝끝내 호리궁을, 아니, 옥선후를 발견하지 못했다.

그야말로 귀신이 곡할 노릇이었다.

그렇지만 현실은 냉혹했고 또한 절망적이었다.

수색을 시작한 지 정확하게 한 달째 되는 날.

정천기마저도 점차 지쳐 가고 또 절망하고 있을 때, 급보가 날아들었다.

항주성에서 직선거리로도 육백여 리에 이르는 안휘성 장강 변의 당도현(當塗縣)이라는 곳에서 호리궁과 옥선후의 행적을 발견했다는 내용이었다.

개방 남경지부(南京支部)에서 보내온 비합전서에는, 이틀 전에 호리와 옥선후 일행이 당도현에서 하오문인 구사문의 하오문도 십여 명을 죽인 후 서둘러 장강 상류로 도주했다고 적혀 있었다.

서찰을 받아 든 정천기는 쇠망치로 뒤통수를 호되게 강타

당한 것 같은 충격에 휩싸였다.

옥선후가 봉황궁이 있는 강서성, 즉 서남쪽으로 가기 위해서 회옥산까지 거의 직선으로 이어져 있는 전당강을 거슬러 올라가는 최단거리를 선택했을 것이라고 철석같이 믿고 있었던 정천기였다.

그런데 그녀가 항주에서 서북쪽에 위치했으며, 직선으로 육백여 리 거리인 당도현에서 이틀 전에 발견되었다니 기가 막힐 노릇이었다.

항주성에서 배를 이용하여 당도현에 가자면 운하를 타고 북상하든가, 바다로 나가 크게 우회했다가 장강으로 진입하는 두 가지 방법뿐이다.

호리궁은 그 둘 중 한 가지를 선택했을 것이다.

그런데 정천기는 전당강에 총력을 기울이고만 있었다. 그 사이에 호리궁은 유유히 장강까지 흘러갔다.

정천기는 옥선후의 두뇌가 타의 추종을 불허할 만큼 뛰어나다는 사실을 잘 알고 있으면서도 그녀를 과소평가하는 실수를 저지르고 말았다.

그녀는 모든 수색이 전당강에 집중될 것이라고 예견, 안전하게 먼 길을 선택한 것이었다.

항주성에서 전당강을 이용하면 파양호까지 육백여 리 거리지만, 장강을 따라 돌아가면 장장 이천여 리가 넘는다.

그런데도 옥선후는 그 길을 선택함으로써 무참히 정천기의 허를 찔렀다.

그러나 늦게라도 옥선후의 행적을 찾아낸 것은 검황루로서는 천우신조가 아닐 수 없었다.

옥선후를 찾느냐 못 찾느냐에 따라서 자파의 존폐 여부와 무림의 운명이 달려 있는 상황에서, 그 소식은 검황루에 한줄기 빛이고 희망이었다.

정천기는 즉시 육로를 이용하여 장강으로 전력을 다해서 달려갔다.

그는 옥선후의 행적이 발견된 당도현으로 가는 것이 아니라 오히려 호리궁을 앞질러 가는 것이었다.

자신이 항주에서 장강까지 육로로 달려가는 동안에 호리궁이 장강을 거슬러 오를 수 있는 최장거리를 넉넉잡아서 계산하여, 그만큼의 거리를 앞서 나가서 여유있게 기다리겠다는 계획이었다.

그렇게 해서 정천기가 항주를 떠난 지 엿새 만에 도착한 곳이 동릉현(銅陵縣)이었다. 그곳은 당도현에서 오백칠십여 리 장강 상류에 위치해 있다.

작은 돛 두 개짜리 낡은 배인 호리궁이 하루에 칠십여 리를 갈 수 있으며, 팔 일이 지난 지금쯤은 당도현에 거의 도착하고 있을 것이라는 비교적 후한 계산을 한 것이다.

정천기는 동릉현에 천라지망(天羅地網)을 쳤다.

개방 고수들을 멀리 물리치고 순전히 검황루 정예검수 사백 명만으로 겹겹의 포위지세를 구축했다.

검황루의 정예검수들은 일당백의 빼어난 고수들이다.

특히 정천기가 항주성에서부터 거느렸던 백 명의 검수는 검황질풍검대(劍皇疾風劍隊)에 속해 있는 질풍검사(疾風劍士)라고 불리는 검황루 최정예검수들이었다.

원래 검황질풍검대 총원은 삼백 명인데 항주성에서 옥선후를 급습, 살해하는 계획에 백오십 명이 동원되었으나 그녀를 공격하는 과정에서 정확하게 오십 명을 잃었다.

정천기는 동릉현에서 모든 것을 끝장낼 생각이었다.

옥선후는 중상이 완치되지 않은 것이 분명했다.

정천기는 자신을 비롯하여 질풍검사 백 명과 정예검사 삼백 명이 죽기를 각오하고 공격한다면 십 할의 승산이 있다고 확신했다.

그러나 문제는 기다리고 있는 호리궁이 나타나지 않는다는 데에 있었다.

그렇게 하루가 속절없이 지나갔다.

정천기는 호리궁이 하루에 칠십여 리를 갈 수 있다는 후한 계산을 했었기 때문에, 호리궁이 하루 만에 나타나지 않아도 그다지 초조해하지 않았다.

만약 호리궁이 하루에 육십 리를 갈 수 있다면, 처음 계산했던 것보다 팔십 리의 차이가 나기 때문에, 하루가 지난 다음날 정오쯤 동릉현에 도착할 것이라고 판단했다.

또한 호리궁이 오십 리를 갈 수 있다면 백육십 리가 늦어지기 때문에 족히 사흘을 기다려야 한다고까지 여유있게 생각하고 있었다.

그래서 정천기는 천라지망을 풀지 않은 채 여유를 갖고 사흘 동안을 더 기다렸지만 호리궁은 여전히 나타날 기미가 보이지 않았다.

척후가 하류 쪽으로 오십여 리까지 나가 있었지만, 그들로부터도 호리궁을 발견했다는 연락은 오지 않았다.

정천기는 불안했다.

열흘 전에 항주성에서 허를 찔렸었는데 이곳에서도 반복될 것 같은 불길함이 엄습했다.

정천기는 철륵개가 알아낸 정보에 의해서 옛 호리궁의 속도를 계산한 것이다.

그 배라면 하루에 최장 육십 리 정도 갈 수 있다는 그의 계산이 맞다.

하지만 새 호리궁은 큰 돛이 세 개에 작은 돛이 하나, 모두 네 개다.

네 개의 돛을 모두 활짝 펼치면 하루에 족히 백여 리를 갈 수 있다.

 나흘 전, 정천기가 동릉현에 당도했을 때 호리궁은 동릉현에서 상류로 이백오십 리나 더 거슬러 올라간 은가애(殷家涯)라는 작은 어촌마을을 지나가고 있었다.

 그리고 나흘이 지난 그즈음에는 정천기가 있는 곳에서 칠백여 리 떨어진 무창에 들어서고 있었다.

 마침내 정천기는 참담한 심정에 빠져들었다.

 그는 당도현에서 호리 일행의 흔적을 발견했던 개방 남경지부에 다시 한 번 확인해 봤다.

 그렇지만 그들의 대답은 같았고 확신에 차 있었다. 호리궁은 틀림없이 당도현에서 사고를 친 후 장강 상류로 거슬러 올라갔다는 것이다.

 믿을 수 없는 일이지만, 정천기는 자신의 계산이 잘못됐음을 인정할 수밖에 없었다.

 호리궁이 하루에 갈 수 있는 최장거리는 칠십 리 이상이었다. 그래야지만 정천기가 나흘 동안 기다리면서 허탕을 친 상황이 이해될 수 있었다.

 그처럼 낡고 조그만 배가 어떻게 하루에 칠십 리 이상을 갈 수 있는지에 대한 것은 나중 문제였다.

 중요한 것은, 호리궁이 정천기가 있는 동릉현에서 상류로 얼마나 갔느냐는 사실이었다.

그 상황에서 그가 믿을 수 있는 것은 개방의 정보망뿐이었다.

개방은 동릉현 상류의 모든 지부와 분타들을 총동원하여 호리궁 수색에 재돌입했다.

정천기가 동릉현에서 머무는 나흘 동안에 개방 방주가 개방의 정예고수 백오십 명을 이끌고 당도하여 합류했다.

개방오장로는 동릉현 상류로 개방 고수들을 이끌고 떠났다.

정천기는 새카맣게 타 들어가는 가슴으로 오직 한 가지만을 애타게 기대했다.

동릉현에서 장강을 타고 오백여 리쯤 거슬러 오르면 마당촌(馬當村)이라는 어촌이 나오는데, 장강은 그곳에서부터 강서성으로 진입하여 접경지역과 나란히 흐른다.

그곳 마당촌에서 상류로 백여 리쯤 가면 호구현(湖口縣)이라는 곳이 나타난다.

그곳은 지명 그대로 호수의 입구에 해당한다. 바로 파양호의 입구인 것이다.

사실상 파양호는 호구현에서부터 시작된다.

그곳 호수의 폭은 십여 리 정도이며, 그 폭을 유지한 채 남쪽으로 오십여 리쯤 이어지다가 갑자기 바다처럼 드넓은 호수가 나타난다.

그 호수가 바로 대륙에서 동정호 다음으로 거대한 호수인 파양호다.

봉황궁은 파양호 동쪽 낙안하(樂安河)와 창강(昌江)이 합쳐져서 파양호로 흘러드는 곳에 있는 파양현(鄱陽縣) 근처에 위치해 있다.

정천기는 호리궁이 강서성의 시작인 마당촌까지 아직 진입하지 않았기를 애타게 기대하고 있는 것이었다.

만약 호리궁이 강서성, 즉 봉황궁의 세력권 안으로 들어갔다면 추적을 포기해야만 할 것이다.

옥선후는 봉황궁에 귀환하여 자신을 암살하려고 한 음모를 낱낱이 파헤칠 것이며 끝내는 걷잡을 수 없이 무림대전쟁으로 번지고 말 것이다.

원래 화약이나 기름에 붙은 불을 끌 수가 없듯이 옥선후의 분노와 복수심을 가라앉힐 수 있는 것은 아무것도 없을 터이다.

옥선후를 죽이려고 얼마나 많은 밤을 새워가면서 계획을 수립했으며 또 음모에 가담할 동지들을 모았었는가.

그러나 암살 계획은 완벽한 듯했으나 결정적인 한 가지 실책을 범하고 말았다.

옥선후의 무공이 세상에 알려져 있는 것보다 삼 할 정도 더 고강하다는 사실을 암살이 실행된 그 순간에서야 알게 됐던 것이다.

그것은 호랑이를 잡으러 간 사냥꾼들이 호랑이의 발톱을 계산에 넣지 않은 것이나 다름없는 큰 실수였다.

그녀의 발톱에 암살 계획은 갈가리 찢겨지고 말았다.

암살에는 최고수라고 자부하는 인물들이 사백여 명이나 동원됐었지만, 암호랑이의 발톱에 찢겨 백오십여 명이나 무참한 죽음을 당해야만 했었다.

그 상처 입은 암호랑이가, 아니, 봉황이 자신의 궁으로 무사히 귀환한다면 천하무림에는 피의 비가 내리고 피바람이 몰아칠 것이 분명했다.

무슨 수를 써서라도 그 파탄지경을 막아야만 한다.

그것을 막기 위해서라면 정천기는 자신의 목숨 따윈 수백 번이라도 버릴 용의가 있었다.

정천기는 장강 강변의 관도를 따라 전력으로 질주하면서 수없이 계산하고 또 계산했다.

지금으로 봐서는 호리궁의 속도가 하루 칠십 리 이상인 것이 확실하다.

만약 호리궁의 속도가 칠십 리를 가까스로 넘는다고 가정한다면 나흘 전에 정천기가 동릉현에 도착했을 때 호리궁은 동릉현에서 상류로 삼, 사십 리 이내를 거슬러 오르고 있었다는 것이 된다.

또한 정천기가 지난 나흘을 동릉현에서 허비하는 동안 호리궁은 넉넉잡아서 약 삼백여 리 정도를 더 갔을 것이다. 그렇다면 동릉현에서 총 삼백사십 리를 거슬러 올랐다는 계산이 나온다.

 그곳에서 강서성의 시작 지점인 마당촌까지는 백육십 리가 남은 상황.

 호리궁의 속도로 가면 이틀하고도 반의 반나절을 더 가야 당도할 수 있다.

 그렇지만 정천기와 백 명의 질풍검사가 죽을힘을 다해서 추격하면 이틀 안에 가까스로 마당에 당도할 수 있다.

 그러나 만약 호리궁이 하루에 팔십 리를 갈 수 있다면······.

 그야말로 끝장이다.

 옥선후는 봉황궁에 무사히 귀환할 것이고 천하무림은 혈풍혈우에 휩싸이게 될 것이다.

 정천기는 호리궁처럼 낡은 배가 하루에 팔십 리를 갈 수 있다는 사실에 회의적이었다.

 냉정하게 수십 번을 고쳐 생각해 봐도 그것은 절대 불가능한 일이었다.

 이틀 후. 단 일각도 쉬지 않고 최상의 경공술을 전개한 끝에 정천기는 마당촌에 당도할 수 있었다.

 그가 이끌었던 백 명의 질풍검사 중에서 그와 함께 그곳에 당도한 사람은 절반에도 못 미치는 사십여 명이었다.

정천기는 조금 더 빨리 올 수 있었다. 그러나 혼자서 빨리 당도해 봤자 무슨 수로 옥선후를 상대하겠는가.

그렇지만 그는 초조했다. 이곳까지 오는 동안 계속해서 장강을 살펴보았지만 호리궁처럼 생긴 배를 발견하지 못했기 때문이다.

강변의 관도라고 해서 줄곧 강과 나란히 가라는 법은 없다.

때로는 절벽이나 산에 가로막혀서 강과 관도가 길게는 이, 삼십여 리까지 떨어졌던 곳이 두 군데가 있었다.

정천기에게는 그것이 유일한 위안이었다. 강과 관도가 떨어졌던 그곳에 호리궁이 가고 있었을 것이라고 굳게 믿었다.

정천기는 마당촌에서 장강을 따라 천천히 하류 쪽으로 이동하기 시작했다.

봉황궁의 영역인 마당촌하고는 될 수 있는 대로 멀리 떨어질수록 유리했다. 그 과정에서 뒤처졌던 질풍검사들이 속속 합류했다.

그러나 그가 마당촌에서 삼십여 리 하류까지 내려오는 반나절 동안 호리궁의 모습은 보이지 않았다.

조바심이 났다. 하루에 칠십 리 이상을 달리는 호리궁이 이렇게 늦을 리가 없었다.

시간이 흐르자 조바심은 초조함으로, 그리고 점차 절망으로 치달았다.

바로 그때 개방이 보낸 비합전서 한 통이 정천기에게 날아들었다.

그리고 그 서찰에는 청천벽력 같은 내용이 담겨 있었다.

호리궁이 이틀 전에 무창에서 발견됐다는 것이었다.

얼마나 놀랐는지 서찰을 읽던 정천기는 다리에 힘이 풀려서 그 자리에 주저앉고 말았을 정도였다.

호리궁은 정천기의 모든 계산과 예측, 그리고 가능성을 송두리째 뒤집어엎었다.

정천기는 한 번도 본 적이 없는 호리궁이라는 배가 귀신이나 허깨비로 여겨질 정도였다.

마침내 그는 앞으로 호리궁에 대해서는 아무것도 예측하거나 계산하지 않기로 작정했다.

그때 상황에서는 그저 옥선후가 파양호의 봉황궁으로 가지 않았다는 사실이 감지덕지 고마울 따름이었다.

그녀가 어째서 봉황궁에 돌아가지 않았는지 궁금했지만 궁금증은 안도감보다는 크지 않았다.

그때부터 정천기는 눈으로 보는 것만 믿기로 했다. 귀로 듣는 것도, 글로 보는 것도 믿을 수가 없었다.

그렇게 해서 그는 호리궁의 확실하고도 분명한 흔적만을 쫓아 무창을 거쳐서 한수로 들어섰으며 마침내 한수 최상류까지 당도했다.

그곳에서 정천기는 또 한 번 기절초풍을 할 정도로 놀라고 말았다.

배가 땅으로 올라간 생생한 흔적을 발견한 것이다.

배는 비단 땅으로 올라가기만 한 것이 아니라 언덕과 계곡을 몇 개나 넘고 건너서 십여 리나 이동한 후에 낙수로 진입을 했다.

정천기는 배가 땅으로 다닌다는 사실을 본 적은 물론이거니와 들은 적도 없었다.

호리궁이 한수 최상류에서 최단거리 뭍으로 올라와 다시 낙수로 진입한 흔적을 쫓으면서 정천기의 가슴속에서는 기이한 기분이 꿈틀거렸다.

그것은 옥선후에 대한 존경심이었다.

그리고 호리궁의 주인인 호리에 대한 끝없는 호기심과 궁금증을 참을 길이 없었다.

정천기는 자신을 수도 없이 허탕을 치게 하고 낙담을 하게 만든 것이 옥선후 혼자만의 생각이라고는 믿지 않았다.

거기에는 필경 호리라는 놈의 재주나 수완이 크게 작용을 했을 것이라고 추측했다.

호리라는 놈은 사기꾼이 아니었던가. 그러니 잔꾀를 쓰는 일에는 탁월할 터이다.

짧은 이별 253

밤이지만 정천기 일행은 추적을 멈추지 않았다.

마치 신룡(神龍)이나 그림자처럼 보이지도 않는 호리궁을 생각하면 잠시라도 쉬고 싶은 마음이 들지 않았다.

정천기가 낙수 강변을 따라 빠르게 하류 쪽으로 이동하고 있을 때 비합전서가 날아들었다.

비합전서의 서찰을 읽던 개방 방주 무궁신개(無窮神丐)가 급히 정천기에게 달려와 낮게 외쳤다.

"대협! 호리궁을 발견했다고 합니다!"

"어딘가?"

정천기는 신형을 멈추며 물었다. 기쁨과 안도감으로 그의 숯처럼 검은 눈썹이 바르르 떨렸다.

"낙녕현입니다. 그녀와 호리라는 자가 주루에서 술을 마시고 있답니다."

'술을?'

정천기는 약간 어이없는 표정을 지었다. 그러나 곧 조금쯤 안도하는 표정으로 바뀌었다.

술을 마시고 있다면 추적이 있다는 사실을 모르고 있는 것일 수도 있었다.

"가자."

마음이 급한 정천기는 말과 함께 쏜살같이 어둠 속의 강변을 내달렸다.

그의 뒤로 질풍검사들과 정예검사들 사백 명이, 그리고 그 뒤에는 무궁신개가 이끄는 백오십 명의 개방 일류고수들이 따르고 있었다.

하남성(河南省)은 예로부터 대륙의 중심, 즉 중원(中原)이라고 불렸을 만큼 문물이 번성한 땅이다.

지금도 하남성이라기보다는 '중원'이라는 말로 더 잘 통하고 있을 정도이다.

하남성에는 무림인들이 넘쳐 난다. 대륙의 남칠성(南七省) 북육성(北六省) 중에서 하남성에 무림의 방, 문파와 무림인 삼 할가량이 집중되어 있다면 굳이 다른 말로 하남성을 설명할 필요가 없을 것이다.

그래서 하남성에는 내로라하는 명문대파들이 즐비하다. 그중에서도 무림오황의 무황성과 선황파가 하남성에 함께 존재하고 있다는 사실은 주목할 만한 사실이다.

낙수의 하류에 해당하는 지점인 선양현 근교에 선황파가 버티고 있다.

그리고 낙수와 황하가 합류하는 지점인 낙양에 무황성이 자리 잡고 있는 것이다.

선황파와 무황성의 직선거리는 불과 백여 리도 되지 않을 만큼 가깝다.

그렇지만 대륙의 중심, 즉 중원이 하남성이고 하남성의 중심이 낙양인 점을 고려한다면 무림오황의 두 거대방파가 백여 리라는 짧은 거리를 두고 있다는 사실이 그다지 이해할 수 없는 것만도 아닐 터이다.

지금 정천기와 그가 이끄는 무리들이 달리고 있는 이 땅은 바로 무황성과 선황파의 세력이 중첩된 곳이다.

그러므로 정천기와 그가 이끌고 있는 세력의 행동은 지극히 조심스러울 수밖에 없었다.

만에 하나 정천기가 옥선후를 추적, 주살하려는 사실이 무황성과 선황파의 촉각에 걸려든다면 뭐라고 변명을 할 여지조차 없게 되는 것은 자명한 일이다.

그런데 정천기가 비합전서를 받은 후 낙수 하류로 이십여 리쯤 이동했을 때 돌연 두 번째 비합전서가 날아들었다.

서찰을 읽은 무궁신개의 표정이 놀라움, 아니, 경악으로 급변했다.

"대협!"

그는 자신보다 일 갑자나 공력이 높은 정천기를 따라잡지 못하기 때문에 급히 외치며 달려갔다.

그는 멈춰 선 정천기에게 말을 하는 대신 서찰을 건네주었다.

서찰에는 짤막한 내용의 글이 적혀 있었다.

그 글을 읽는 순간 정천기는 호흡을 멈추었다.

그녀가 낙녕현 포구에서 기다리고 있습니다. 그녀는 추적대의 총지휘자를 만나고 싶어합니다.

第四十四章
칠룡검의 비밀

一擲賭者
乾坤

호리궁이 강가의 커다란 바위 옆에 멈춰 있었다.

바위에는 호리가 서 있고, 호리궁 난간에는 철웅과 은초가 나란히 서서 호리를 쳐다보고 있었다.

"조심해서 가라. 그러나 빨리 갈 필요는 없다."

호리의 말에 철웅이 염려스런 표정을 지었다.

"무슨 일인데 그래?"

은초가 철웅을 면박 주면서 호리 대신 설명했다.

"빙충아! 넌 눈이 있으면서 보지도 못했냐? 아까 호리를 죽이러다가 되레 죽은 놈들을 봤잖아. 내가 보기에 그놈들은 살수가 분명해. 그런데 그놈들이 또 호리를 죽이려고 더 많이 몰려오면 우리까지 위험해지니까, 호리가 아예 호리궁을 떠나 있는 거야. 놈들을 다른 곳으로 유인해서 싸운 후에 돌아오겠다는 뜻이지."

"그런 거야?"

철웅이 눈을 똥그랗게 뜨면서 쳐다보자 호리는 싱긋! 미소 지으면서 고개를 끄덕였다.

"대충 그래."

철웅은 배에서 내리려고 한쪽 다리를 난간에 걸쳤다.

"나도 간다. 호리 혼자보다는 둘이 유리할 거야."

턱!

은초가 뒷덜미를 잡는 바람에 철웅의 상체가 뒤로 기울어졌다가 갑판에 볼썽사납게 나동그라졌다.

우당탕!

"우왓!"

"쯧쯧! 이 녀석아! 넌 도대체 얼마나 더 비참해져야 정신을 차릴 거냐?"

"무… 슨 소리야?"

철웅은 난간을 붙잡고 몸을 일으키면서 어리둥절한 얼굴을 만들었다.

"너 말이야. 살수 한 놈하고 일 대 일로 맞붙어 싸워서 이길 자신 있냐?"

은초의 힐문에 철웅은 어눌한 얼굴로 대답하지 못했다.

"틀림없이 네 몸 하나 지키지 못해서 호리의 도움을 받게 될 게 뻔해. 그런데도 따라가겠다는 게냐?"

"그… 렇군."

은초는 호리에게 손을 들어 빨리 가라는 손짓을 해 보이고 나서 몸을 돌려 선실로 걸어갔다.

"그만 가봐라, 호리. 나는 들어가서 대가리 터지도록 무술 연마나 해야겠다. 하루빨리 실력을 쌓아야 너에게 짐만 되는 수모를 벗어던지지."

"알았다."

호리는 대답과 함께 돌아서서 훌쩍 몸을 날렸다. 그의 모습은 곧 숲 속으로 사라졌다.

철웅은 잠시 그 자리에 서서 숲을 쳐다보다가 삿대를 짚어 바위를 힘껏 밀어내서 호리궁을 바위에서 떼어냈다.

이어서 급히 고물로 가서 노를 저어 호리궁이 강의 중심부에 이르자 선실로 들어가 돛을 두 개만 폈다.

빨리 가면 싸움을 끝낸 호리가 뒤쫓아오는 데 힘들까 봐 철웅 나름대로의 배려였다.

호리궁이 강 하류로 유유히 미끄러져 갈 때, 숲에서 호리가 나와 잠시 동안 호리궁을 응시했다.

별일없이 잘 가는지 확인하기 위해서였다. 그가 매정하게 숲 속으로 모습을 감추었던 것은 철웅이 빨리 떠나도록 하기 위해서였다.

호리는 일부러 호리궁이 눈에 잘 띄게 탁 트인 곳을 골라 배에서 내렸으며, 커다란 바위 위에 우뚝 서서 철웅과 은초와 짧은 작별을 나누었다.

만약 어딘가에서 색혈루의 살수들이 지켜보고 있다면 그들에게 자신이 호리궁에서 내렸다는 모습을 보여주고 싶은 것이었다.

그것은 물론 철웅과 은초를 보호하려는 의도였다.

이윽고 호리는 호리궁에서 시선을 거두어 다시 숲으로 들어갔다.

아름드리나무들이 끝없이 펼쳐져 있어서 여름에 이 숲은 꽤나 울창했을 것 같았다.

하지만 초겨울인 지금은 앙상한 나무에 눈만 수북이 쌓여 있어서 을씨년스럽기 짝이 없었다.

호리는 서둘지 않고 숲 속으로 천천히 걸어 들어갔.

바닥에 쌓인 눈에 그의 발자국이 선명하게 새겨졌다.

그러나 조금 더 세밀하게 본다면 그가 일부러 발자국을 남기고 있다는 사실을 알 수 있을 것이다.

제대로 체중을 실어서 걷는다면 무릎까지 눈 속에 빠져야 하지만, 지금 그는 단지 발목까지만 빠지고 있을 뿐이었다.

상승의 경공술인 답설무흔보다 한 단계 위의 수법인 청점활비를 발휘하면 설사 눈이라고 해도 추호의 흔적을 남기지 않을 수 있다.

그러나 호리는 살수들에게 자신의 위치를 알리기 위해서 일부러 발자국을 남기고 있다.

각각 두 치 깊이로 찔렸던 종아리와 정강이가 욱신거렸지만 견디지 못할 정도는 아니었다.

호리 자신이 만든 약을 바르고 한차례 운공조식을 한 뒤 깨끗한 천으로 상처 부위를 묶은 것이 치료의 전부였다.

상처를 입고 나서 그는 또 하나의 교훈을 얻었다. 무슨 일이 있어도 다치지 말아야 한다는 사실이었다. 그것은 중요하면서도 기본적인 상식이었다.

적이 완전히 사라지고 싸움이 끝났으면 모르되, 싸움이 진행 중인 상황에서의 부상은 치명적인 약점으로 작용된다는 사실을 깨달은 것이다.

'색혈루라고?'

그는 호리궁이 낙녕현 포구를 떠날 때 포구에 있던 개방 거지들이 하는 말을 들었었다.

호리는 색혈루라는 살수 조직에 대해서 아는 것이 없었다.

또한 누가 자신을 죽이라고 청부했는지에 대해서도 짐작조차 가지 않았다.

그러나 두 가지만은 분명했다.

청부를 받은 이상 색혈루는 이 정도에서 포기하지 않을 것이라는 사실과, 호리는 그들에게 죽어줄 생각이 터럭만큼도 없다는 사실이었다.

"......!"

그때 호리의 귀가 쫑긋 미미하게 움직였다. 어떤 기척을 감지한 것이다.

기척은 후방에서 전해져 왔다. 바람을 가르는 여러 줄기 파공음과 발끝으로 나뭇가지를 살짝살짝 딛는 소리, 그리고 여러 명의 숨소리인데 너무도 또렷해서 바로 뒤에서 들려오는 소리 같았다.

호리는 약간 어이없는 기분이 들었다. 그가 알고 있는 살수에 대한 얕은 지식으로는 살수들은 추호의 기척도 없이 움직이거나, 최악의 조건 속에서도 오랫동안 한 장소에 은둔해 있다가 깨끗하게 표적을 암살하고는 흔적을 남기지 않고 사라지는 죽음의 전령사였다.

그런데 지금 다가오고 있는 자들은 살수라고 하기에는 너무 많은, 그리고 또렷한 기척을 내고 있지 않은가.

'훗! 날 죽이려고 하는 자는 그다지 부자가 아니거나 구두

쇠인 모양이군.'

돈이 많다면 더 실력있는 살수 조직에 청부를 했을 것이라는 뜻이다.

그러나 영리한 호리로서도 미처 깨닫지 못하고 있는 사실이 하나 있었다.

바로 자신의 능력에 대한 정확한 평가였다. 그는 그 자신이 생각하고 있는 것보다 최소한 두 배 이상 뛰어난 능력, 즉 무공을 지니고 있었다.

지금 접근하고 있는 색혈루의 살수들 실력이 낮아서가 아니라, 그의 무공이 탁월하기 때문에 그들의 기척을 너무도 쉽게 그리고 또렷하게 감지하고 있는 것이다.

'이십 명. 많이도 몰려왔군.'

호리는 접근하고 있는 살수들의 수를 정확하게 간파하고 그들이 후방 칠팔 장까지 다가오고 있다는 판단이 들자 그 자리에 멈추었다.

원래 살수들은 이처럼 많은 무리를 이루어서 움직이는 경우가 거의 없다.

사전에 암살 대상에 대해서 치밀하고도 정확한 조사를 마친 후, 그 청부에 필요한 인원만을 투입하는 것이 살수 조직의 행동원칙이기 때문이다.

최초에 호리를 죽이려고 선발된 살수는 네 명이었다.

죽여야 할 표적이 권각술 나부랭이를 몇 년간 배웠을 뿐인 하류라는 청부자 황룡위의 말을 곧이곧대로 믿은 색혈루주는 살수를 두 명만 보낼까 하다가 매사 불여튼튼이라고 두 명을 더 보냈던 것이다.

청부자가 무림오황 중 하나인 무황성의 황룡위였기 때문에 색혈루주는 깔끔하게 일을 처리해서 황룡위의 신임을 얻고 싶어했다.

그런데 그 네 명의 살수가 검조차 제대로 뽑아보지 못하고 호리에게 당하고 만 것이다.

우연찮게도 색혈루 총단은 낙녕현에서 강 건너 마주 바라보이는 건천산(乾千山)에 있다. 낙녕현에서 불과 삼십여 리 거리에 있는 것이다.

물론 무림오대살수 조직의 하나인 색혈루 총단의 위치를 알고 있는 사람은 거의 없다.

그러니 호리에게 네 명의 살수가 당한 사실이 즉시 보고됐을 뿐만 아니라 후속조치까지도 불과 한두 시진 만에 일사천리로 실행될 수 있었던 것이다.

호리가 멈춰 선 곳은 이런 울창한 숲 속에서 찾아내기 어려울 듯한 꽤 널찍한 공터였다.

그 복판에 호리가 우뚝 서 있었다. 그에게서 공터 가장자리까지의 거리는 오 장가량.

그의 주위에는 수북하게 쌓인 눈뿐, 나무 한 그루 없었다. 그는 일부러 이런 장소를 고른 것이다.

사방이 탁 트인 곳이어야 시야를 확보하는 데 어려움이 없을 것이고 엄폐물이 없어야 살수들이 숨을 곳이 없을 것이기 때문이다.

처음에는 네 명이었고, 두 번째는 열 명이더니, 이번에는 이십 명이 몰려왔다.

호리는 아주 잠깐 동안 '내가 과연 이들을 당해낼 수 있을까?' 라고 의구심이 들었으나 곧 지워 버렸다.

불과 두 시진 전에 호리궁 갑판에서 살수 열 명을 죽였던 호리다. 그것도 갑판이라는 좁은 공간에서.

그러니 이처럼 탁 트인 공터에서라면 이십 명쯤 너끈히 해치울 수 있을 것이다.

호리의 단전에서 무언가 꿈틀거리는 것 같더니 곧 온몸으로 퍼져 나갔다.

놀랍게도, 그리고 믿어지지 않게도 그것은 자신감이었다. 이런 느낌은 난생처음이었다.

항주성에서 누군가를 사기 치려고 할 때 몇 번 이와 비슷한 기분을 느낀 적이 있었다. 그러나 그것은 자신감과 비슷한 느낌의 '각오' 라는 것이었다.

지금 이 느낌은 순수한 자신감이었다. 힘을 지닌 사람만이 느낄 수 있는 그런 것이다.

호리는 공력을 극한으로 끌어올려 두 팔과 두 다리로 고르게 분배했다.

그런 다음에 가슴을 활짝 펴고 꼿꼿하게 우뚝 서서 청력을 돋우었다.

스사사사…….

이십 명의 살수들이 공터 주위로 흩어지면서 포위해 오고 있는 소리가 생생하게 들렸다.

필경 살수도 등급이 있을 터이다. 그런데 이들의 움직임은 얼마 전에 두 차례에 걸쳐서 호리를 급습했던 열네 명의 살수와 크게 다르지 않은 듯했다.

호리는 색혈루가 아직도 자신을 강적으로 여기고 있지 않는다고 생각했다.

그런데 갑자기 숲에 괴괴한 적막감이 감돌았다. 살수들의 모든 움직임과 호흡이 정지했으며 숲에 흔하게 있는 산짐승들이 움직이는 소리마저도 들리지 않았다.

호리는 그것이 공격 직전의 고요라는 사실을 본능적으로 깨달았다.

적막이 길어지고 있었다.

아마 살수들은 지금이라도 호리가 움직여서 공터를 벗어나 주기를 기다리고 있는 것 같았다. 공터에서의 공격은 자신들에게 불리하게 작용할 것이므로.

그러나 열 호흡 정도의 시간이 흘렀는데에도 호리가 움직임이 없자 살수들은 한 가지 사실을 깨달았다.

그것은 호리가 이미 자신들의 존재를 간파했으며, 그래서 격전 장소로 공터를 선택했다는 사실이었다.

밤하늘에는 휘영청 만월이 떠서 주위를 땅거미가 지기 직전의 어스름 저녁 정도의 밝기로 비춰주고 있었다.

그것은 살수들에게는 악재로 작용을 할 것이다. 그들은 어둠 속에 숨어 있다가 밝은 곳의 표적을 암살하는 것에 익숙할 테니까 말이다.

호리는 항주성 시절에 즐겨 입던 평범한 갈색 무명옷을 입고 있었다.

그가 딱히 갈색을 좋아하는 것이 아니다. 튀지 않고 화려하지 않은 것을 좋아할 뿐이다. 거기에 무명옷이면 더욱 좋다.

육 척의 훤칠한 키, 수련으로 다져진 단단한 체구, 완강하게 벌어진 어깨와 그 어깨에 메어져 있는 칠룡검이 멋진 조화를 이루고 있다.

호리는 어떻게 싸울 것인지 생각하지 않기로 했다. 호리궁에서 열 명의 살수들 공격을 받으면서 깨달은 것이었다.

살수들이 어디로 어떻게 공격해 올는지도 모르는 판국에 무슨 계획이 필요할 텐가.

'시작한다!'

호리는 살수들의 심장 박동이 급박하게 빨라지는 것을 느끼고 공격이 임박했음을 깨달았다.

그의 청력은 살수들의 호흡은 물론이고 심장 박동 소리까지 생생하게 감지하고 있었다.

다음 순간 호리의 몸이 가볍게 경직됐다. 살수들이 쏘아오는 것을 발견한 것이다.

그런데 한두 명이 아니라 이십 명 전체가 한꺼번에 쏘아오고 있었다.

그럴 것은 예상하고 있지 않았던 호리의 온몸이 긴장감으로 팽팽해졌다.

쉬쉬이익—

호리를 중심으로 이십 방(方)에서 이십 명의 살수들이 일제히 바람처럼 휘몰아쳐 왔다.

그들의 손은 한결같이 어깨의 검파를 움켜잡고 있었다.

먹처럼 검은 흑의야행복에 두 눈만 빼꼼하게 뚫린 복면을 뒤집어쓴 야차 같은 모습들.

슥!

호리의 오른손이 칠룡검을 잡았다.

이상한 일이었다. 방금 전까지만 해도 자신감과 긴장으로 온몸이 팽팽했었는데, 지금 이 순간은 그런 느낌들이 씻은 듯이 사라졌다.

다만 지극히 평온할 뿐이었다.

마치 항주성 서호 울겸림 갈대숲 속에 숨겨져 있는 옛날 호리궁에서 새벽수련을 하려고 일어났을 때, 잔잔한 호수의 뽀얀 물안개를 바라보는 것처럼, 대자연이 잠에서 깨어나기 직전의 고요함에 빠져 있는 것 같은 그런 평온함이었다.

이 역시 호리로서는 난생처음 맛보는 느낌이었다.

'덤벼라!'

자신감이 넘쳤을 때와는 사뭇 격이 다른, 평온 속의 투지가 빨간 숯덩이처럼 이글거리며 타올랐다.

살수들이 삼사 장까지 쇄도하고 있었다.

'박살 내겠다!'

호리는 어금니를 악물었다. 그리고 살수들을 기다리지 않고 마주쳐 나갔다.

그러나 전면이 아닌 등 뒤로.

그 역시 살수들의 허를 찌르기에 부족함이 없는 돌발적인 행동이었다.

쉬카아—

그가 빙글 몸을 돌려 벼락처럼 뒤로 쏘아가자 배후에서 쇄도하던 네 명의 살수들 눈빛이 가볍게 흔들렸다.

그것은 표적을 등 뒤에서 급습하는 오랜 행동에 익숙한 자들의 당혹감이었다.

그러나 그것뿐이다. 추호의 주춤거림도 없었다.

촤악!

오히려 검을 뽑으면서 두 명이 전면에서, 다른 두 명이 비스듬히 좌우로 갈라져 반원을 그리면서 더욱 빨리 호리를 향해 쏘아왔다.

마치 풀잎이 바람에 떠오르고, 납작한 돌이 물속에 가라앉듯이, 전면에서 쏘아오는 두 명이 각각 위와 아래로 갈라지면서 호리의 상체와 하체를, 좌우에서 공격하는 두 명이 각각 호리의 허리와 머리를 찌르고 베어왔다.

적이 아니었으면 박수라도 보내고 싶을 만큼 깨끗하고 숙달된 솜씨였다.

그 순간 호리는 이 살수들이 하류라고 여겼던 여태까지의 생각을 깨끗이 지웠다.

이들은 하류가 아니라 일류였다.

슈웃!

칠룡검이 발검되면서 전면의 두 살수를 찔러갔다.

비전검이다.

비화검은 변화와 다수를 공격할 때 유리한 장점이 있는 대신 느린 단점이 있다.

그렇지만 비전검은 한 명, 많아야 두 명을 공격하기 때문에 빠를 수밖에 없다.

또한 찌르기 위주의 초식이다. 그러나 다수를 상대하기에는 적합하지 않다.

팍!

작은 음향이 한 번 흘렀다. 칠룡검의 검첨이 전면에서 쇄도하는 한 명의 살수 목 한복판을 찔렀는가 싶은 순간 어느새 두 번째 살수의 미간에 꽂혀 있었다.

얼마나 빠른지 두 번 찔렀는데도 불구하고 음향은 한 번만 흘러나온 것이다.

더구나 칠룡검이 두 번째 살수의 미간에서 뽑히는 것은 아예 보이지도 않았다.

파악!

칠룡검이 좌측에서 쇄도하는 살수의 미간을 찌르자마자 검신이 위로 솟구쳐 정수리를 뚫고 나와 곧장 우측의 살수를 향해 반원을 그리며 그어 내렸다.

칵!

칠룡검의 예리하기 그지없는 검신이 네 번째 살수의 머리를 세로로 쪼갰다.

힘의 완급 조절은 너무도 훌륭했다.

검신이 머리를 소리없이 베고 들어가서 콧등에 딱 멈출 만큼만 힘을 주었다.

쐐애액!

쉬쉬쉭!

칠룡검이 네 번째 살수의 머릿속에 꽂혀 있는 상태에서 호리의 배후와 좌우에서 한꺼번에 여섯 명의 살수들이 각자의 방위를 점한 채 소나기처럼 검을 찌르고 베어왔다.

호리는 고개를 돌려 그들을 직접 보지는 않았지만 검이 일으키는 파공음과 예기로 여섯 자루 검의 방향과 각도를 정확하게 간파했다.

검을 뽑고 몸을 돌려 반격한다면 늦고 만다. 피할 수는 있지만 그러고 싶지는 않았다.

스읏!

칠룡검이 네 번째 살수의 머릿속에 꽂힌 상태에서 호리의 하체가 둥실 허공으로 떠올랐다.

아니, 떠오르면서 빙글 몸이 뒤집혀 하늘을 쳐다보는 자세가 되었다.

순간 그의 두 발이 번개같이 봉황등천권의 신묘한 변화를 일으켰다.

두 발은 육안으로 도저히 간파할 수가 없을 정도로 쾌속했다. 그저 흐릿한 발그림자 수십 개가 공격하는 여섯 명의 눈앞에 어지럽게 번뜩일 뿐이었다.

파파파파팍!

발등과 발끝과 발뒤꿈치가 여섯 살수의 정수리와 미간, 콧등, 턱, 관자놀이, 목을 찍고 걷어찼다.

그들 여섯 살수의 몸이 제각각 다른 방향으로 퉁겨져 날아가면서 숨이 끊어지고 있을 때, 호리의 몸이 팽그르르 회전하면서 허공을 수직으로 솟구쳤다.

그 과정에 칠룡검이 번뜩이면서 검린 세 개가 뿜어지며 허공에서 내리꽂히던 세 살수의 미간을 깨끗하게 관통시켰다.

지상에서 삼 장 높이로 떠오른 호리는 오른손에 칠룡검을 움켜쥐고 붕새가 날개를 활짝 펼친 것처럼 정지한 채 아래를 굽어보았다.

남은 살수 일곱 명은 당황하는 기색이 역력했다.

살수의 특기는 은둔, 잠행, 추종, 암습이다. 즉 어두운 곳에 숨어서 표적에게 기척 없이 접근하여 죽이는 것이며 그러기 위해서 그것에 필요한 기술만을 고도로 수련, 연마하여 습득한다.

바꾸어 말한다면 살수들은 정정당당한 맞대결은 익숙하지 않다는 것이다.

아니, 아예 그렇게 싸우는 무공이나 방법을 배운 적도 없다. 배웠다고 해도 살수가 되기 오래전이었으니 무용지물이 되고 만 상태였다.

색혈루는 두 가지 실수를 저질렀다. 암살 대상에게 이미 열

네 명의 살수를 잃었다면 똑같은 방법으로는 어렵다는 사실을 깨달았어야만 했다.

그리고 이곳에 온 이십 명의 살수들, 아니, 그들을 이끄는 우두머리가 한 가지 실수를 범했다.

공터 한복판에 서서 기다리고 있는 호리를 공격하지 말았어야만 했다.

살수들이 자신의 모습을 드러내면서 공격을 감행한다면 더 이상 살수가 아닌 것이다.

호리의 눈이 매처럼 날카롭게 번뜩였다. 지상에서 주춤거리고 있는 일곱 명의 살수들 중에서 한 명에게 그의 시선이 고정되어 있었다.

다른 살수들과는 달리 그자는 어깨에 등을 덮는 짧은 견폐를 걸쳤고 검은색 대신 붉은 복면을 하고 있었다.

호리는 그자가 이들 무리의 우두머리일 것이라고 판단했다.

당황하고 주춤거리기 시작한 살수들은 더 이상 위협적인 존재가 되지 못한다.

휘익!

그때 호리가 그들 일곱 명의 한복판으로 내리꽂히면서 칠룡검을 떨쳤다.

비화검이 펼쳐진 것이다.

그 순간 일곱 명의 살수들이 갑자기 일곱 방향으로 쏜살같이 몸을 날렸다. 도주였다.

호리로서는 전혀 예상하지 못했던 반응이었다.

쉬이이!

호리는 쏜살같이 허공을 가로질러 우두머리를 쫓았다.

그는 아직 제대로 된 경공술을 배우지 못했다. 호선이 가장 늦게 가르쳐 준 무풍신은 구결만 외우고 있을 뿐, 미처 익힐 시간이 없었다.

그저 청점활비를 나름대로 땅에서 응용시킨 경공 아닌 경공을 수련한 정도였다.

지금 그가 전개하고 있는 것은 허공을 땅처럼 달려나가는 청점활비의 수법이었다.

차아아—

호리는 우두머리를 쫓으면서 그자의 좌우에서 도주하는 두 살수에게 각각 하나씩의 검린을 떨쳐 냈다.

팍! 팍!

"끅!"

"컥!"

검린을 뒤통수에 관통당한 두 살수가 답답한 신음을 흘리면서 고꾸라졌다.

같은 순간에 우두머리와 나머지 네 명의 살수들이 숲 속으로 숨어들었다.

호리는 공터에서 숲으로 이 장쯤 진입한 곳에서 뚝 신형을 멈추었다.

일 장 반 앞에서 도망치고 있던 우두머리의 모습이 감쪽같이 사라져 버린 것이다.

주위를 둘러보니 다른 네 명의 모습도 온데간데없기는 마찬가지였다.

청력을 돋우었지만 아무 소리도 들리지 않았다. 심지어 숨소리나 맥박, 심장 박동도 들리지 않았다.

휘이이—

겨울 삭풍 한줄기가 숲과 호리를 훑으며 스쳐 지나갔다.

호리는 그제야 이들이 살수라는 사실을 실감했다.

살수라고 해도 일단 움직일 때에는 맥박과 심장 박동, 파공음을 감추기가 어렵다.

하지만 은둔하고 있는 상황에서는 몸의 모든 기능을 정지할 수 있는 것이다.

호리는 전면을 쳐다보았다. 그가 서 있는 곳에서 일 장 반 정도까지 발자국이 이어져 있다가 끊겨 있었다.

그 주변을 빠르고도 날카롭게 쓸어보았다. 발자국이 끊어진 곳을 중심으로 삼 장 이내에 십여 그루의 나무와 그리 크지 않은 흑갈색의 바위 하나가 있었다.

문득 호리의 입가에 흐릿한 미소가 피어올랐다. 하나의 방법을 생각해 낸 것이다.

자신을 중심으로 삼 장 이내에 있는 십여 그루의 나무를 하나씩 베어버리는 것이다.

우두머리는 그 나무들이나 바위에 은둔해 있는 것이 거의 틀림없었다. 그러므로 이 방법은 단순하기는 하지만 확실한 방법이기도 했다.

파아앗!

칠룡검이 번뜩이면서 가장 가까이에 서 있는 나무를 스치며 가로로 층층이 삼등분을 잘랐다.

바닥에서 넉 자 높이를 자르고, 그 위부터는 석 자 간격으로 두 번 잘랐기 때문에 만약 우두머리가 그 나무에 숨어 있다면 켜켜이 베어질 수밖에 없을 터이다.

사람의 체구가 아무리 작다고 해도 난장이가 아닌 이상 석 자보다는 클 테니까.

호리는 계속 빠르게 나무들을 베어나갔다. 그러면서 청력과 안력을 돋우어 티끌만 한 변화도 놓치지 않으려고 애썼다.

그렇지만 십여 그루의 나무를 모두 벨 동안 우두머리의 모습도 움직임도 전혀 감지되지 않았다.

나무들은 켜켜이 잘라졌지만 쓰러지지 않은 상태에서 그대로 서 있었다.

쓰러지면 그 소란을 틈타서 우두머리가 다른 곳으로 은둔할 수 있기에 일부러 쓰러지지 않게 자른 것이다.

호리는 다시 날카롭게 주위를 둘러보았다. 발자국이 끊어진 곳에서 일 장 거리에 바위가 있을 뿐, 삼 장 이내의 나무들은 모두 베어버렸다.

남은 것은 흑갈색의 바위뿐이었다. 높이 여덟 자, 길이 일 장가량의 바위 윗부분은 눈이 수북이 쌓였고 옆면은 마른 이끼에 뒤덮여 있는 모습이었다.

그렇지만 눈 한 번 깜짝이는 것보다 빠른 순간에 우두머리가 공터에서 이곳까지 삼 장 거리를 이동하여 은둔했을 것이라고는 믿어지지 않았다.

그렇지만 이제 남은 곳은 바위뿐이다.

'바위다.'

호리는 바위 앞에 우뚝 서서 천천히 칠룡검을 들어 올렸다.

바위를 내려치는 시늉만 해서 우두머리를 튀어나오게 할 생각이었다.

쉬익!

그렇지만 검이 바위에 거의 부딪치기 직전인데도 우두머리가 튀어나올 기미를 보이지 않았다.

호리는 검이 내려쳐지고 있는 사이에 생각을 약간 바꾸었다. 검신으로 바위를 한차례 때려서 우두머리를 놀라게 해보자는 것이었다.

하지만 정말 검을 아끼는 검사(劍士)는 검을 바위나 단단한 물체에 부딪치게 하지 않는다는 사실을 호리는 아직 모르고 있었다.

서걱!

그런데 칠룡검이 바위에 부딪치는 순간 기음이 흘러나왔다. 또한 검이 튕겨나지도 않았다.

"윽!"

더구나 바위에서 답답한 신음성까지 흘러나왔다.

그러나 호리가 놀란 것은 순전히 다른 이유 때문이었다. 바위와 부딪쳤다면 당연히 튕겨져야 마땅할 칠룡검의 검신이 바위 속 맨 아래에 박혀 있는 것을 보고는 놀라지 않을 재간이 없었다.

'이런… 바위를… 잘랐다는 말인가?'

두 눈으로 똑똑히 보고 있으면서도 믿어지지 않았다.

"으으……."

털썩!

그때 호리 쪽 바위 옆면에서 우두머리가 눈 위로 굴러 떨어지면서 고통스러운 신음을 흘렸다.

그자는 바위 옆면에 거무튀튀한 천을 뒤집어쓴 채 길게 찰싹 달라붙어 있다가 바위 한복판이 잘라지는 바람에 두 허벅지가 뎅겅 잘라져 버린 것이었다.

그런데 우두머리의 잘라진 허벅지에서는 한 방울의 피도 흘러나오지 않았다.

그것은 호리의 기술 때문이 아니라 칠룡검이 지니고 있는 여러 신통력 중 하나였다.

호리는 칠룡검이 단단하고도 커다란 바위를 단숨에 양단시켜 버릴 줄은 꿈에도 상상하지 못했었다.

스승!

그는 우두머리보다는 칠룡검의 새로 발견한 능력에 더 관심이 많았다.

그는 검을 뽑아 검신을 자세히 살펴봤지만 푸른 검광을 흩뿌릴 뿐 터럭만 한 홈집조차 없었다.

"으으… 칠성검(七星劍)이라니… 귀하는 무당파나 선황파 사람이오?"

그때 우두머리가 꿈틀거리면서 몸을 일으키려고 애쓰다가 칠룡검을 발견하고는 크게 놀라서 물었다.

원래 살수는 어떤 상황에서든 누구에게나 입도 벙끗하지 말아야 한다.

더구나 암살 대상 앞에서는 더욱 그렇다. 그런데도 그는 놀라움이 너무 커서 그냥 있을 수가 없었다.

"이 검을 아느냐?"

호리는 그가 왜 그렇게 묻는지 궁금했지만, 잠시 후 그를 심문해야 하기 때문에 짐짓 냉랭하게 반문했다.

우두머리는 육체의 고통과 정신적인 충격이 범벅된 일그러진 표정으로 중얼거렸다.

"으으… 당금 무림에서 무당파의 신물(信物)인 칠성검을 모르는 사람은 없을 것이오."

그는 암살 대상인 호리에게 '하오'를 하고 있었다. 만약 호리가 무당파나 선황파 사람이라면, 어쩌면 이 청부 자체를 무산시켜야 할지도 모르기 때문이다.

'무당파의 신물이라고?'

호리는 속으로 크게 놀랐지만 얼굴에는 드러내지 않았다.

무림의 명문대파인 소림이나 무당파, 개방의 신물이 녹옥불장(綠玉佛杖), 칠성검, 취옥장(翠玉杖)이라는 것 정도는 호리도 누구에겐가 주위들어서 알고 있었다.

그런데 자신이 칠룡검이라고 이름을 지은 검이 무당파의 신물인 칠성검이라니 어찌 놀랍지 않겠는가.

"어떻게 이 검을 알아보았느냐?"

우두머리의 말을 곧이곧대로 믿을 수는 없는 일이기 때문에 확인이 필요했다.

그러자 우두머리의 시선이 칠룡검의 검신으로 향했다.

"푸른빛의 검신 복판에 일정한 간격으로 엄지손톱 크기의 붉고 둥근 신묘주(神妙珠) 일곱 개가 박혀 있는 검이 칠성검이 아니라면 대체 어떤 검이 칠성검이라는 말이오?"

호리는 검을 들어 올려 검신 복판에 두 치의 간격으로 박혀 있는 일곱 개의 붉은 옥을 쳐다보았다.

그는 그것이 일곱 마리의 용을 상징한다는 느낌 때문에 칠룡검이라는 이름을 붙였었다. 그런데 용(龍)이 아니라 별[星]이었던 것이다.

"신묘주라고?"

호리는 자신도 모르게 나직이 중얼거렸다. 하지만 궁지에 처해 있는 우두머리는 그 말이 자신에게 묻는 것이라 여기고 어눌한 어조로 대답했다.

"칠성검에 여덟 가지 신묘한 효능이 있다는 사실은 무림인이라면 다 알고 있소."

"너도 무림인이라는 것인가?"

너는 살수일 뿐이지, 무림인이 아니지 않느냐라는 뜻의 말이었으나 우두머리는 '너 따위가 뭘 아느냐?'라는 식의 빈정거림으로 받아들였다.

그는 고통 때문에 눈살을 잔뜩 찌푸린 채 중얼거렸다.

"칠성검의 여덟 가지 신통력이란 절금(切金), 무혈(無血), 자명(自鳴), 자광(自光), 피독(避毒), 피화(避火), 피수(避水), 피마(避魔)요."

호리는 속으로 해연히 놀라고 말았다.

절금은 쇠를 자른다는 것이고,

무혈은 사람을 베어도 피가 흐르지 않는 것.

자명은 검 스스로 우는 것.

자광은 스스로 빛을 발하는 것.

피독은 독을 피하는 신통력이고,

피화는 불을 피하는 신통력.

피수는 물을 피하는 신통력.

피마는 마를 피하는 신통력이다.

우두머리는 복잡한 표정으로 호리를 쳐다보며 중얼거렸다.

"칠성검은 선황파의 대장로이며 선황파 문주의 사부인 천현 진인이 갖고 있는 것으로 아는데… 귀하는 누구기에 칠성검을 갖고 있는 것이오?"

호리는 우두머리보다 머릿속이 더 복잡했기 때문에 대답할 여유가 없었다.

아니, 적당한 말이 떠올랐다고 해도 이런 자에게 꼬박꼬박 대답하기는 싫었다.

"누가 날 죽이라고 청부를 했느냐?"

그것이 궁금했다. 대체 누구기에 호리의 본명을 알고 있다는 말인가.

여태까지 제가 먼저 말을 꺼내고 또 물을 것 같지 않은 말에도 꼬박꼬박 대답하던 우두머리가 이 부분에서만큼은 입을 굳게 다물어 버렸다.

아니, 우두머리는 호리의 물음을 듣고서야 자신이 여태껏 하지 않아도 될 말들을 했다는 사실을 깨달은 듯, 눈빛이 엷은 자책으로 물들었다.

"대답하지 않으면 죽이겠다."

호리는 버둥거리지도 않고 눈 바닥에 엎드려 있는 우두머리를 굽어보며 무심하게 중얼거렸다.

"죽여라."

우두머리는 눈을 감으며 체념한 듯 대꾸했다.

푹!

순간 칠룡검이 목뒤 급소를 깊숙이 찌르자 우두머리는 신음조차 지르지 못하고 입을 크게 벌렸다가 검을 뽑자 눈을 부릅뜬 채 얼굴을 눈에 묻었다.

슥—

호리는 몸을 돌리다가 네 장소에서 네 개의 각기 다른 느낌을 감지했다.

심장이 한 번 꿈틀! 하는 것과, 맥박이 두세 차례 빠르게 뛴 것, '흑!' 하는 아주 나직한 호흡 소리.

그리고 어느 나뭇가지에서 눈가루 몇 개가 소르르 흘러내리는 것이었다.

호리가 우두머리를 죽이고 돌아서자 그다음은 자신들의 차례라고 직감한 네 명의 살수들이 보이지 않는 곳에서 자신들도 모르게 흘려낸 소리였다.

어쩌면 그것은 아무것도 아닐 수 있었다. 그리고 네 명의 살수들은 과거 여러 차례의 살행에서 그 정도의 소리쯤은 대수롭지 않게 여겼을 것이다.

그 당시의 암살 대상들은 그것을 감지할 만한 능력이 없었을 테니까.

하나 지금 그들이 상대하고 있는 사람은 이 갑자의 놀라운 공력을 소유하고 있는 호리다.

호리는 기척이 감지된 곳 중에서 제일 가까운 곳으로 곧장 걸어가기 시작했다.

그가 걸어가는 곳에는 한 그루 구불구불 휘늘어진 두 아름쯤 되는 굵기의 붉은 소나무가 있었다.

호리가 소나무와 일 장 정도 가까워지자 소나무에서 심장박동과 맥박 소리, 호흡 소리가 한꺼번에 흘러나오더니, 거리가 반 장으로 가까워지자 소나무가 가볍게 흔들리면서 나뭇가지에서 눈송이가 후드득 떨어지기까지 했다.

소나무에 은둔해 있는 살수의 긴장이 점차 고조되고 있다는 증거였다.

삭!

호리는 소나무를 스쳐 지나면서 바닥에서 반 장 높이의 가로로 구부러지는 부위를 칠룡검으로 가볍게 내려쳤다.

쿵!

그가 서너 걸음쯤 옮겼을 때 육중한 음향을 내며 소나무가 눈 위에 떨어졌다.

넘어진 소나무 옆에는 검은 복면을 뒤집어쓴 하나의 머리가 뒹굴어 있었으며 매끄럽게 베어진 목에서는 역시 피가 흐르지 않았다.

소나무 몸통의 가로로 구부러진 곳에는 아래에서 위로 원숭이처럼 나무에 거꾸로 매달려 있는 한 사람이 있었는데 목이 없었다.

호리는 두 번째 나무를 향해 계속 곧장 걸어갔다.

휘익! 휙! 휙!

그 순간 그가 향하던 나무와 그 뒤쪽 좌우 두 그루 나무에서 도합 세 개의 그림자가 쏜살같이 세 방향 허공으로 쏘아져 날아갔다.

가만히 있다가 죽음을 당하느니 도주를 선택한 세 명의 살수들이었다.

찰나 호리의 눈이 번쩍 기광을 뿜어내는가 싶더니 칠룡검이 허공에서 춤을 추었다.

차차아아—

검린을 발출할 때면 나는 기이한 음향이 세 방향 허공을 가로지르며 흘렀다.

파꽉!

"큭!"

"캑!"

두 개의 작은 격타음과 두 마디 짧고 답답한 신음성이 터져 나왔다.

도망치던 살수는 셋이었는데 두 명만 눈밭에 나뒹굴었다.

검린 하나는 빗나가고 말았다. 정확하게 겨냥한다고 했는데, 각기 다른 세 방향으로 한꺼번에 세 개의 검린을 발출하는 것은 아무래도 무리인 듯했다.

슈웃!

호리는 마지막 생존자가 사라진 방향으로 청점활비를 전개하여 바람처럼 달려갔다.

第四十五章
천하대란(天下大亂)

一擲賭者 乾坤

정천기가 낙녕현을 십여 리쯤 남겨놓은 지점에서 개방 방주 무궁신개에게 세 번째 비합전서가 날아들었다.
 정천기는 속도를 늦추지 않고 쏘아가면서 무궁신개를 슬쩍 뒤돌아보고는 가볍게 얼굴이 굳었다.
 멈추어 서 있는 무궁신개의 얼굴에 대경실색이 떠올라 있는 것과 서찰을 쥐고 있는 손이 가늘게 떨리는 것을 발견했기 때문이었다.
 정천기는 심상치 않음을 직감하고 즉시 무궁신개에게 되돌아가서 물었다.

"무슨 일인가?"

무궁신개는 너무 놀라서 입이 떨어지지 않는지 서찰을 정천기에게 건네는데 손이 마구 떨리고 있었다.

마황부가 선황파를 대거 급습하여 대격전이 벌어지고 있습니다. 선황파가 패색이 짙습니다.

무궁신개만큼은 아니지만 정천기도 만면에 놀라움을 떠올리며 서찰의 내용을 두 번, 세 번 거듭 읽었다.

그러나 속으로는 무궁신개보다 정천기가 더 놀랐고 충격도 더 크게 받았다.

어떤 일이 벌어졌을 때의 놀라움과 충격은 각자가 어깨에 걸머지고 있는 책임만큼 전가되는 법이다.

무궁신개는 개방 하나만 걱정하면 되지만 정천기는 검황루와 검황루가 거느리고 있는 수많은 방, 문파와 천하무림을 걱정해야 하는 것이다.

서찰의 내용은 정천기와 무궁신개 두 사람밖에 모른다.

이곳으로 오는 도중에 합류한 개방사장로 중 두 명과 백 명의 질풍검사들은 약간 떨어진 곳에서 정천기 등을 둘러싼 채 묵묵히 하회를 기다리고 있었다.

"음! 마황부가 드디어……."

이윽고 정천기가 무겁고도 답답한 신음을 흘렸다.

"대협, 어떻게 합니까?"

무궁신개가 초조한 얼굴로 조심스럽게 물었다.

그러나 정천기는 즉시 대답하지 못했다. 그는 당금 무림에서 가장 연배가 높은 무림명숙 중에 한 명이지만 이런 상황은 그의 평생에 처음 있는 일이었다.

비합전서를 의심할 수는 없었다. 개방은 무림에서 가장 방대하고 치밀한 조직과 정보망을 보유하고 있다.

더구나 개방 방주인 무궁신개에게 직접 날아온 비합전서라면 마황부가 선황파를 공격하는 광경을 직접 두 눈으로 본 후에야 서찰의 내용을 작성했을 터이다.

정천기는 엄숙한 얼굴로 천천히 주위를 둘러보았다.

검황루의 삼백 정예검사들이 속속 당도하고 있었고, 저 멀리 뒤에 무궁신개가 엄선한 개방 고수 백오십 명이 전력으로 달려오고 있는 광경이 보였다.

마황부와 선황파가 싸운다면 검황루는 당연히 선황파를 도와야 한다.

정천기와 사백 명의 검황루 검사들, 그리고 무궁신개와 두 명의 개방 장로, 백오십 명의 개방 고수들이 가세한다면 분명히 선황파에 적지 않은 도움이 될 것이다.

"설마……."

문득 정천기는 아연실색하면서 중얼거렸다.

'그때 옥선후가 봉황궁으로 가지 않았던 이유가 설마 천하대계(天下大計) 때문에……'

정천기가 안휘성 마당촌에서 호리궁을 기다리다가 허탕을 쳤을 때, 그는 옥선후가 당연히 파양호의 봉황궁으로 귀환했을 것이라고 짐작했었다.

그런데 호리궁과 옥선후는 파양호가 아닌 무창에서 개방에 의해서 발견되었고 그래서 정천기는 내심 안도의 한숨을 내쉬었다.

이후 호리궁은 장강을 벗어나 한수를 거슬러 올랐으며 다시 한수 최상류에서 호리궁을 끌고 낙수로 진입, 하류로 향하더니 지금에 이른 것이다.

'그렇다면 옥선후는 항주성에서 암습을 당한 직후부터 지금까지 봉황궁은 물론 마황부하고도 줄곧 연락을 취하고 있었다는 얘기가 아닌가?'

정천기를 포함하여 무림사황을 이끌고 있는 각 파의 중추적인 인물들은 예전부터 옥선후의 야망이 얼마나 거대한지 잘 알고 있다.

그래서 그녀가 천하무림을 장악하려고 한다는 소문이 은밀하게 나돌았을 때, 무림사황은 바짝 긴장했고 옥선후의 행동에 촉각을 곤두세웠었다.

그런데 얼마 후, 옥선후가 마황부주 마랑군과 손을 잡았다는 충격적인 사실이 검황루주와 무황성주, 선황파 문주에게 비밀리에 보고되었다.

즉시 검황루주와 무황성주가 은밀한 모임을 갖고 대책을 협의했다.

그 결과 일 년에 한 차례씩 모이는 오황수좌대회(五皇首座大會)에서 극비밀리에 옥선후와 마랑군을 암살하자는 결론을 내리기에 이르렀다.

무림의 평화를 위해서라든지, 무황성, 검황루의 존속을 위해서라는 명분 같은 것은 그다지 중요하지 않았다.

단지 옥선후와 마랑군이 무림을 지배하도록 내버려 둘 수 없다는 절박감만 작용했을 뿐이었다.

무황성에서는 성주 일족을 제외하고는 최고 신분인 천룡위(天龍衛)를 선발했고 검황루는 정천기를 전면에 내세웠다.

천룡위와 정천기는 자파의 엄선된 최정예고수들을 이끌고 은밀한 장소에 모여 반년에 걸쳐서 구체적이고도 완벽한 계획을 짜는 한편, 두 문파의 고수들이 손발을 맞추는 피나는 수련을 했다.

마랑군과 옥선후를 암살하는 거사에 선황파를 제외할 수밖에 없었던 이유는 선황파 문주 백검룡이 옥선후를 열렬하게 사모하고 있기 때문이었다.

백검룡뿐 아니라 마황부의 마랑군과 무황성의 대공자 혁련천풍도 옥선후를 연모하고 있다는 사실은 천하가 다 알고 있는 사실이었다.

그러나 마랑군은 회합에 불참했고 결국 옥선후 혼자만을 암살하려 했으나 실패, 지금에 이른 것이었다.

정천기는 깊은 생각에 잠겼다.

지금 상황으로 봐서는 옥선후가 항주성에서 암습을 당한 이후 봉황궁, 마황부와 긴밀한 연락을 취하고 있었던 것이 거의 틀림이 없었다.

그렇지 않다면 옥선후가 마당촌에서 봉황궁을 지척에 두고서도 귀환하지 않을 이유가 없었다.

또한 옥선후가 선황파를 불과 오십여 리 남겨둔 지금 이 상황에서 마황부가 선황파를 공격한 것이 과연 우연이라고 생각할 수 있겠는가.

더구나 마황부는 낙양에서 서쪽으로 일만 삼천 리나 멀리 떨어진 청해(靑海)에 있다.

선황파를 공격하려면 마황부는 대규모의 고수들을 이끌고 중원으로 들어왔을 것이다.

어떤 굳은 약속이나 확고한 결정도 없이, 마황부가 그토록 많은 고수들을 이끌고 그 먼 길을 왔다고는 생각할 수가 없는 일이다.

'옥선후와 마랑군, 아니, 봉황궁과 마황부가 손을 잡은 것은 여전히 유효한 것이었다.'

정천기는 차츰 결론을 내리고 있었다.

'마랑군은 마황부의 최정예인 마신전사를 이끌고 왔을 것이다. 그렇다면 옥선후 역시 봉황궁의 최정예인 봉황삼절군(鳳皇三絶軍)을 출동시켰을 것이다.'

정천기의 호흡이 조금씩 가빠지기 시작했다.

'혹시 옥선후의 목표는 무황성인가? 마황부가 선황파를 치는 사이에 봉황궁은 근처에 있는 무황성을 급습한다는 계획일 수도 있겠군.'

그렇게 해서 양동 공격이 성공하여 무황성과 선황파가 전멸을 한다면, 검황루는 철저하게 고립되고 만다.

혼자 남게 된 검황루가 어떤 길을 걸어야 할 것인지는 닥쳐 보지 않아도 뻔하다.

굴복, 아니면 괴멸당하는 것뿐이다.

'옥선후가 나를 만나려고 하는 것은 내가 선황파를 도우러 가는 것을 지체시키거나 제압하겠다는 뜻일 터.'

정천기는 지그시 어금니를 악물었다.

'음! 옥선후, 내가 너의 뜻대로 놀아줄 수는 없지 않겠는가?'

마침내 그는 결정을 내렸다.

"선황파를 도우러 간다."

　　　　　＊　　　＊　　　＊

건천산의 색혈루 총단.

"전멸했다는 말이냐?"

고영이라는 자를 죽이러 보낸 이십 명의 살수들마저 당했다는 보고를 받은 색혈루주 혈인요수는 화가 나기보다는 어이가 없는 표정을 지었다.

"역시 고영이라는 놈의 솜씨냐?"

"그렇습니다."

"시체는?"

"모두 수거했습니다."

"가자."

혈인요수는 앉아 있던 태사의를 박차고 일어서 수하보다 먼저 빠르게 방을 나갔다.

최초에 낙녕현 포구의 주루에서 고영에게 당한 네 명의 살수 중에 두 명은 검풍에 당했고 두 명은 목과 팔 하나씩이 진검에 잘려서 죽었다.

두 번째, 편복비연을 타고 호리궁을 급습했던 열 명은 검풍과 검린, 검화, 진검에 고르게 죽음을 당했었다.

그리고 세 번째, 이십 명의 살수들 시체가 대전 바닥에 질서 있게 나란히 눕혀져 있었다.

불과 몇 시진 전까지만 해도 혈인요수에게 충성을 맹세했던 수하들이었다.

혈인요수는 천천히 걸음을 옮기며 시체들을 한 구씩 꼼꼼하게 살펴보았다.

이번에는 검풍에 죽은 수하가 한 명도 없었다. 검린에 의해서 두 명이 죽었고, 검화에 두 명, 나머지 열여섯 명은 진검과 쇠망치처럼 둔탁하고 강한 것에 머리와 목을 적중당해서 죽은 모습이었다.

혈인요수는 검을 사용하는 자가 쇠망치를 들고 다닐 리 없다고 생각했다.

그러므로 맞아서 죽은 수하들은 쇠망치가 아니라 쇠망치처럼 강력한 주먹이나 발에 얻어맞은 것이다.

여러 대를 맞은 것도 아니고 그들은 단 한 대를 맞고 그 자리에서 즉사했다.

죽은 시체에 얻어맞은 상처가 한군데뿐이라는 사실이 그것을 입증했다.

시체의 맨 끝에는 허벅지가 잘린 채 뒤통수를 검에 찔려 죽은 수하가 한 명 있었다.

색혈루에는 일루(一樓), 이대(二隊), 삼조(三組)가 있는데, 이자는 살아생전에 삼조 중에 세 번째인 귀조(鬼組)의 조장이라는 지위를 갖고 있었다.

귀조장의 죽음은 참혹했다. 두 허벅지가 잘린 데다 뒤통수를 검에 찔렸다.

잘린 허벅지 부위는 푸르스름했으며 절단면이 아직도 매끈했다. 그리고 피가 엉겨 붙어 있지 않았다.

그로 미루어 고영이라는 놈은 상대의 몸을 절단해도 피가 흐르지 않도록 하는 고절한 솜씨를 지니고 있는 것이 분명하다고 혈인요수는 생각했다.

혈인요수는 고영이라는 자가 검술의 달인(達人)일 뿐만 아니라 권각술에도 조예가 깊은 것이 분명하다고 판단했다.

"빌어먹을 놈!"

혈인요수의 일그러진 입술 사이로 욕설이 튀어나왔다. 자신의 수하 삼십사 명을 죽인 고영에게가 아니라 거짓정보를 준 무황성 황룡위에게 하는 욕이었다.

색혈루의 살수 삼십사 명이 하룻밤 사이에 단 한 명에게 죽음을 당했다.

색혈루 개파 이래 단 한 명에게 이렇게 많은 살수들이 죽은 경우는 한 번도 없었다.

원래 살수 조직이란 치밀한 조사와 완벽한 정보에 의해서

만 행동을 개시한다.

그런데 고영이라는 자는 무림에 조금도 알려져 있지 않은 상황이었다.

그러므로 고영에 대한 조사와 정보는 전적으로 이 일을 청부한 황룡위의 말에 의존할 수밖에 없었다.

"권각술 나부랭이를 몇 년 수련했을 뿐인 하류라고?"

혈인요수는 입술 끝을 씰룩였다.

지금 상황에서 그가 취할 수 있는 길은 두 가지다. 이번 청부를 황룡위에게 반납하는 것과 다시 한 번 총력을 기울여서 고영을 추살(追殺)하는 것이다.

살수 조직이 청부를 반납하는 일은 드문 일이지만 전혀 없는 일도 아니다.

불가항력적인 사태가 발생하거나, 도저히 자신들의 능력으로 처리할 수 없다는 판단이 서면 청부를 반납하는 것이 살수 조직들의 전례(前例)였었다.

이 청부를 더 이상 진행할 수 없다면서 선불로 받은 청부대금 은자 천오백 냥과 함께 반납하면, 황룡위가 어떻게 나올지 대충 짐작할 수 있었다.

그러나 혈인요수는 이 청부를 반납할 생각이 없었다. 무황성과의 관계가 껄끄러워질 것을 염려해서가 아니라 수하를 삼십사 명씩이나 잃고서는 울화가 치밀어서 도저히 손을 뗄

수가 없기 때문이었다.

　이제 이 일은 혈인요수가 이끄는 색혈루와 고영 한 사람의 전쟁이 된 것이다.

　"이대주와 이조장을 모두 불러라."

　혈인요수는 대전을 나가면서 수하에게 명령했다.

　　　　　*　　　*　　　*

　낙녕현을 그냥 지나쳐서 곧장 선황파가 있는 선양현으로 가려고 작정했던 정천기는 낙녕현을 코앞에 둔 지점에서 멈춘 상태다.

　그의 손에는 개방 제자들이 보낸 네 번째 비합전서의 서찰이 쥐어져 있었다.

　무황성주가 대공자와 삼소성주, 구백여 명의 정예고수를 친히 이끌고 선황파에 당도하여 마황부를 상대로 치열한 격전을 벌이고 있습니다. 낙양과 선양 일대에 있는 십여 개 방, 문파에서도 고수를 파견, 선황파로 운집하고 있는 것이 관찰됐습니다.

　'왜 그 생각을 못했을까?'

인근에 있는 무황성이 선황파를 도울 것이라는 생각을 미처 하지 못했던 정천기는 자신의 아둔함을 꾸짖었다.

 무림오황은 각기 자신들의 지역 내에서 많은 방, 문파들을 직간접적으로 거느리고 있어서 일단 유사시에는 그들이 큰 힘이 되어준다.

 선황파 역시 그렇다. 조금 다른 점이 있다면 사황은 자신들이 위치하고 있는 지역 내의 방, 문파들을 거느리고 있는데 반해서 선황파는 지역과는 상관없이 선황파의 모태(母胎)인 선황사파, 즉 무당파와 화산파, 나부파, 형산파, 그리고 십오도가지문(十五道家之門)은 물론이고, 소림사와 아미파(峨嵋派), 종남파(終南派), 점창파(點蒼派), 공동파(崆峒派), 청성파(靑城派), 곤륜파(崑崙派) 등 구파일방의 일방인 개방을 제외한 구대문파(九大門派) 모두를 복속시켜서 휘하에 거느리고 있다는 사실이다.

 백여 년 전에 천하무림이 오황으로 재편된 후 많은 방, 문파들이 이합집산을 거듭하면서 새로운 '황(皇)'을 탄생시키려고 무던히도 노력했었다.

 그렇지만 기득권을 지니고 있는 무림오황이 그런 것을 좌시할 리가 없었다.

 새로운 '황'이 태동하려는 움직임만 보이면 그 즉시 무림오황의 잔혹한 응징이 가해졌다. 그럴 때만큼은 무림오황의 단결력이 빛을 발했었다.

소림사와 아미파도 도가의 선황파처럼 불문(佛門)의 '황'을 탄생시키려고 부단히 노력했으나 남승(男僧)만으로 구성된 소림사와 여승(女僧)들만의 아미파가 합쳐져야 한다는 자체부터가 모순이었다.

게다가 우여곡절 끝에 그것이 성사된다고 하더라도 불문의 세력이 무림오황 각각의 세력에 절반에도 미치지 못하는 수준이 되어서는 곤란했다.

어디에도 속하지 않은 구대문파는 자신들 지역의 '황'에게 끝없이 시달림을 당해야만 했었다.

그래서 결국 구대문파는 동가홍상(同價紅裳)의 심정으로 하나둘씩 선황파에 복속하기 시작하여 끝내는 모두가 선황파의 날개 아래에 모여들었다.

"방주, 소림사가 선황파에 소림 고수들을 보냈는지 확인할 수 있겠나?"

정천기의 물음에 무궁신개는 고개를 가로저었다.

"그런 일이 있다면 본 방 제자들이 즉시 저에게 보고를 했을 것입니다. 아직 소림사는 아무런 행동도 취하고 있지 않은 것이 분명합니다."

다른 문파들은 멀리 떨어져 있어서 선황파의 위기를 아직 알지 못할 것이다.

설혹 알게 되어 고수들을 보내더라도 빨라야 며칠, 늦을 경우에는 보름 이상 걸릴 수도 있을 터이다.
 그러나 소림사가 있는 등봉현(登封縣) 숭산(嵩山)은 선황파에서 불과 백여 리도 안 되는 거리에 있다.
 선황파는 마황부의 급습을 당한 직후 가장 가까이에 있는 무황성과 소림사, 그리고 무당파와 화산파, 아미파 등에 급보를 날렸을 것이다.
 그 결과 무황성과 무황성이 거느리는 방, 문파들, 선황파를 따르는 방, 문파들이 초원에 번지는 불길처럼 한꺼번에 일어나 선황파를 도우러 달려왔다.
 그런데도 소림사가 고수들을 보내지 않았다는 것은 무언가 문제가 있는 것이 분명했다.
 정천기는 못마땅한 듯 눈살을 찌푸렸다.
 "못된 중놈들! 사태의 추이를 지켜봐 가면서 이로운 쪽으로 행동을 하겠다는 게로군."
 정천기의 말은, 만약 선황파가 괴멸한다면 혹여 소림사에게도 '황'을 탄생시킬 수 있는 기회가 주어질 수도 있을 것이기 때문에 소림사가 섣불리 나서지 않고 좌관성패(坐觀成敗)하겠다는 뜻이었다.
 '속전속결이 아니라면 마황부는 승산이 없다. 무황성과 주변의 여러 방, 문파들이 가세한 데다 머지않아 화산파와 무당

파에서 보낸 고수들까지 합세한다면 마황부는 패퇴당할 수밖에 없을 것이다.'

선황파를 세운 선황사파인 무당파와 화산파가 원군을 보내지 않을 리가 없다.

다만 화산파는 선황파에서 서쪽으로 오백여 리, 무당파는 남쪽으로 구백여 리가량 떨어져 있기 때문에 도착하는 데 시일이 걸릴 터이다.

'문제는 옥선후의 봉황궁이다.'

정천기는 잠시 고심했다. 무황성이 선황파에 당도했으니 일단은 한시름 놓을 수 있을 것이다.

그러나 마황부만큼이나 위험한 존재인 봉황궁을 견제, 해결하지 않고는 위험이 사라졌다고 말할 수 없었다.

"방주, 봉황궁의 움직임은 아직 간파되지 않고 있는가?"

"그렇습니다. 본 방 제자들이 곳곳에서 눈에 불을 켜고 있으니 만약 봉황궁이 움직였다면 모를 리가 없습니다."

두 번째 비합전서를 받았을 때 정천기는 무궁신개에게 낙양과 선양현, 낙녕현 인근에서의 봉황궁의 발호(跋扈)가 있는지 예의 주시하라고 당부했었다.

"음! 옥선후를 만나야겠군."

결국 정천기는 그렇게 결정을 내릴 수밖에 없었다.

지금으로서는 옥선후의 행동에 따라서 판도가 크게 달라

질 수밖에 없는 상황이다.

정천기는 잠시 잊고 있었던, '그녀가 왜 자신을 만나려고 기다리고 있는지'에 대해서 다시 고심하기 시작했다.

낙녕현 포구에 즐비한 여러 주루 가운데 서태루 앞에 풍호개와 노탁 등 대여섯 명의 개방 거지들이 초조한 신색으로 서성거리고 있었다.

풍호개는 조금 전에 수하 거지로부터 무궁신개와 일행들이 낙녕현으로 들어섰다는 보고를 받았었다.

그래서 현 내로 이어지는 곧게 뻗은 대로 끝 쪽을 뚫어지게 주시하면서 방주인 무궁신개가 나타나기만을 기다리고 있는 중이었다.

그때 풍호개의 눈이 빛났다.

대로 끝에 일단의 무리들이 나타나 이쪽으로 곧장 나는 듯이 쏘아오고 있는 것을 발견했다.

그들은 삼백여 장의 거리를 단숨에 달려와 풍호개 앞에 일제히 멈추었다.

"제자 풍호개가 방주를 뵈옵니다!"

풍호개는 무궁신개를 향해 무릎을 꿇고 땅바닥에 머리를 조아렸다.

무궁신개는 이런 판국에 예의를 갖추는 풍호개가 못마땅

하다는 듯 가볍게 미간을 좁혔다.

"어서 일어나라."

무궁신개 뒤에 서 있는 두 명의 개방 장로 중 대홍노개(大鴻老丐)가 꾸짖듯이 나직이 입을 열었다.

풍호개는 사태의 심각성을 깨닫고 즉시 일어섰다.

"옥선후께서는 어디에 계시느냐?"

이번에는 대홍노개 옆에 있는 이엽정개(二葉霆丐)가 빠른 어조로 풍호개에게 물었다.

그러나 풍호개는 어리둥절한 표정만 지을 뿐 얼른 대답을 하지 못했다.

이엽정개가 난데없이 봉황궁주인 옥선후의 행방을 물었기 때문이었다.

"이놈이?"

이엽정개가 눈을 부라리자 무궁신개가 손을 들어 제지하면서 긴장된 얼굴과는 달리 조용한 어조로 물었다.

"우리를 만나고 싶다던 분은 어디에 계시느냐?"

그제야 풍호개는 퍼뜩 정신이 드는 얼굴을 하고는 즉시 주루 안을 가리켰다.

"안에… 계십니다."

'안에 있다'라고 대답하려다가 방금 무궁신개가 그녀를 가리켜서 '분'이라는 존칭을 사용했기 때문에 급히 '계시다'

고 바꿔 말한 풍호개였다.

"대협, 들어가시지요."

무궁신개가 약간 뒤로 물러서면서 정천기에게 공손히 주루 입구를 가리켰다.

무궁신개는 물론 개방의 대장로와 이장로인 대홍노개와 이엽정개마저도 정천기에게 허리를 굽히는 것을 본 풍호개와 노탁 등은 아예 코가 바닥에 닿을 정도로 허리를 굽혔다. 물론 그들은 정천기의 신분을 모르고 있다.

정천기 등이 주루 안으로 들어간 것을 보고 나서 노탁이 급히 풍호개의 옷자락을 잡고 주루 옆 골목으로 끌고 가서 목소리를 낮추어 속삭였다.

"그녀… 그 소녀가 옥선후라는 겁니까?"

풍호개는 멀뚱거렸다.

"그렇다고 하잖느냐."

"마… 맙소사……."

노탁은 혀가 목구멍 속으로 말려들어 가는 듯한 소리를 냈다.

"왜 그러느냐? 옥선후가 뭔데?"

너무 긴장한 탓에 뇌의 기능이 잠시 마비되어 있던 풍호개가 의아한 듯 물었다.

노탁이 등을 벽에 기댄 채 벌벌 떨면서 겨우 대답했다.

"보… 봉황궁주인 봉황옥선후를 모른다는 말입니까……?"

눈을 껌뻑거리던 풍호개는 마침내 옥선후가 누구를 가리키는지 깨닫고는 그 자리에 스르르 주저앉았다. 다리에 힘이 풀려 버린 것이다.

"끄으으……."

주루 안은 텅 비어 있었고, 한복판의 자리에 한 소녀만이 앉아서 조용히 술을 마시고 있었다.

주루 안에 들어선 정천기와 무궁신개, 대홍노개와 이엽정개는 반사적으로 그 소녀를 쳐다보다가 적잖이 놀라는 표정을 지었다.

소녀는 다름 아닌 호선이었다. 그녀가 술호로병을 들고 통째로 술을 마시고 있었기 때문에 정천기 등이 놀란 것이다.

그러나 놀라움도 잠깐, 정천기 등은 극도로 긴장한 얼굴로 호선을 주시할 뿐 움직이지 않았다.

무궁신개와 두 명의 개방 장로는 봉황옥선후를 한 번도 본 적이 없었다.

그들은 얼핏 보기에도 싸구려가 분명한 천박한 봉황의를 입고서 술을 마시고 있는 소녀가 봉황옥선후인지 아닌지 알 길이 없었기에 정천기의 반응을 살피려고 그를 쳐다보다가 움찔 놀랐다.

정천기가 극도로 긴장한 얼굴에 식은땀을 흘리고 있는 것을 발견했기 때문이다.

정천기의 그런 반응은 저기에 앉아 있는 싸구려 옷의 소녀가 바로 그 유명한 봉황옥선후가 분명하다는 사실을 증명하는 것이었다.

"끄악!"

그때 주루 밖에서 목청이 찢어지는 듯한 비명성이 터졌다.

마침내 봉황옥선후가 누군지를 깨달은 불쌍한 풍호개가 내지른 비명이었다.

탁!

그때 호선이 술호로병을 잡은 채 가볍게 탁자에 내려놓고는 손등으로 입을 닦으면서 정천기 등을 바라보았다.

"너희는 나를 만나러 온 것이 아니냐?"

대뜸 반말이다.

그렇지만 정천기 등은 그것에 대해서 항의하기는커녕 기분 나쁘다는 마음조차 품지 않았다.

"우리는 옥선후를 만나러 왔소."

정천기가 조금 갈라지는 듯한 목소리로 어렵게 대답을 할 때 호선은 이미 술호로병을 입에 대고 있었다.

정천기는 마른침을 삼킨 후 천천히 호선에게 걸어갔다.

그런 모습을 보고 있는 무궁신개와 두 명의 개방 장로는 더욱 긴장했다.

지금 정천기가 보여주고 있는 것은 평소의 위엄있는 무림 명숙다운 모습이 아니었다.

그렇지만 정천기를 흉볼 처지가 아니었다. 무궁신개 자신은 믿어지지 않게도 가늘게 떨고 있었으며, 심장은 미친 듯이 쿵쾅거리고 있었다.

죽음을 두려워하지 않는 무궁신개지만, 지금은 생사하고는 다른 차원의 상황이었다.

당금 무림을 지배하고 있는 다섯 명의 절대자인 오황.

그중에서도 가장 신비하고 냉혹하며 고고한 봉황옥선후의 면전인 것이다.

"오랜만에 뵙겠소."

정천기는 호선이 앉은 탁자 맞은편에 멈춰 서 두 손을 맞잡으며 가볍게 허리를 굽혔다.

평소 같으면 조금 더 허리를 굽혔겠지만, 지금은 호선에게서 시선을 떼지 않으려고 약간만 굽혔다.

정천기는 일 년에 한 번씩 열리는 오황수좌대회에 검황루주를 호위하여 참석했었고, 그때마다 옥선후를 먼발치에서나마 보았었다.

"너는 누구냐?"

호선은 술호로병을 입에서 잠깐 떼고 그렇게 물은 후에 다시 술을 마셨다.

"검황루의 검황삼기 중에 둘째인 정천기외다."

정천기는 정중히 대답했다. 옥선후가 자신을 알아보지 못한다고 해서 이상할 것은 없다.

누군가 정천기를 그녀에게 정식으로 소개한 적도 없었고, 오황수좌대회에서 봤다고는 하지만 그것은 어디까지나 정천기 쪽이지, 옥선후 정도의 인물이라면 정천기 따위는 안중에 두지 않았을 수도 있는 일이다.

호선은 정천기에게 짧은 시선을 주었을 뿐, 무궁신개 등에게는 시선조차 주지 않았다.

"내가 계속 고개를 들고 너를 올려다봐야겠느냐?"

문득 호선이 술호로병을 쥔 채 탁자에 내려놓으면서 눈을 내리깔고는 냉랭하게 중얼거렸다.

순간 정천기는 움찔했다. 평상시였다면 정천기가 봉황옥선후 앞에 뻣뻣하게 서 있는 것은 불경 중에서도 불경에 속한다.

그때 뒤에서 부스럭거리는 소리가 났다. 정천기가 힐끗 돌아보니 무궁신개와 두 명의 개방 장로가 엉거주춤 바닥에 무릎을 꿇고 있었다.

정천기라고 무릎을 꿇지 못할 것이 없다. 평상시였다면 꿇고도 남았을 터이다. 아니, 아직까지는 옥선후를 평상시처럼 대할 수가 없다.

정천기는 문득 백여 일 전, 항주성에서 벌어진 옥선후 암살 작전에서 그녀가 자신을 봤을까? 하는 의문이 들었다.

그 당시 옥선후는 항주성의 유명한 다루 이층에서 무색, 무취의 맹독이 든 차를 마셨었다.

물론 차에 맹독을 탄 것은 주방장 곁에 붙어 있던 무황성의 금룡위(金龍衛)였다.

옥선후가 만독불침지신(萬毒不侵之神)이라는 사실은 알 만한 사람들은 모두 알고 있다.

그녀가 마신 차에 들어 있었던 독은 쇄공분혼산(碎功紛魂散)이라고 불린다.

이름 그대로 공력을 부수고, 영혼을 가루로 만들어 버린다는 뜻이다.

만독불침이라고 해도 쇄공분혼산이 체내에 침투되면 사분의 일각 정도 힘을 쓰지 못하면서 몹시 어지러울 것이라고 그 음모를 계획했던 사람들은 확신했었다.

마침내 옥선후가 차를 마시고 상체를 약간 휘청거릴 때, 손님으로 가장하고 있던 이십여 명의 절정고수들이 일제히 그녀에게 공격을 개시했다.

무리 중에서 옥선후와 가장 가까이에 있던 검황삼기의 삼기(三奇)인 초혈기(超血奇)가 품속에 지니고 있던 혈매비(血梅

ㄴ)를 모조리 발사해서 그중에 스물한 개를 옥선후의 온몸에 꽂았다.

 그 직후 무황성의 천룡위(天龍衛)가 옥선후의 심장에 깊숙이 검을 쑤셔 박았다.

 다루의 계산대 옆 기둥 뒤에 숨어 있었던 정천기는 그 광경을 보면서 곧 옥선후가 목숨이 끊어지는 모습을 자신의 두 눈으로 보게 될 것을 믿어 의심치 않았다.

 그러나 그의 그런 믿음은 생겨나는 것보다 더 빨리 사라지고 말았다.

 다루에 있던 이십여 명의 절정고수들이 한꺼번에 공격을 개시했기 때문에 그들에 가려서 옥선후의 모습이 잠시 동안 그의 시야에서 사라진 것이다.

 그러나 다음 순간 덮쳐 갔던 그들은 온몸에서 피를 뿜으면서 모조리 튕겨져 사방으로 날아갔다.

 그리고 거기에는 피투성이가 된 옥선후가 두 눈에서 흉흉한 살기를 뿜으면서 당당하게 버티고 서 있었다.

 쇄공분혼산에 중독되면 아무리 만독불침이라고 해도 독을 몰아내는 시간이 사분의 일각 정도는 걸린다고 했었다.

 그런데 놀랍게도 옥선후는 불과 열 호흡 정도밖에 걸리지 않은 것이다. 사람들이 알고 있던 것보다 그녀의 공력은 더 심후했던 것이다.

정천기는 옥선후의 목숨이 끊어지는 모습 대신, 그녀가 벌이는 무자비한 살육(殺戮)을 보게 되었다.

옥선후의 손속 아래 삼황 연합고수들이 얼마나 잔인하게 죽어갔는지, 그 후로도 정천기는 간혹 그 광경을 떠올리며 몸서리를 치곤 했었다.

결국 검에 심장을 관통당하고, 혈매비 스물한 개를 맞은 채 다루 아래 운하로 추락했던 옥선후였다.

그런 그녀가 지금 정천기 앞에 오연히 앉아서 추상같은 위엄을 흩뿌리고 있는 것이었다.

그 당시에 옥선후가 정천기 자신을 봤었는지 아닌지는 그다지 중요하지 않았다.

그리고 지금은 일부러 옥선후의 심기를 건드려서 이로울 일이 없는 때였다.

정천기는 천천히 무릎을 꺾고 몸을 굽혔다.

"거기 앉아라."

그의 무릎이 바닥에 막 닿으려는 찰나, 호선이 턱으로 맞은편 자리를 가리켰다.

"……."

정천기의 몸이 그대로 굳어버렸다. 그 자세에서 그는 어리둥절한 얼굴로 호선을 쳐다보았다.

그런데 호선은 아예 한술 더 떴다.

"너 술 마실 줄 알면 한잔 받아라."

정천기뿐만 아니라 무궁신개와 두 명의 개방 장로 모두 놀라서 그대로 몸과 정신이 굳어버렸다.

호선은 주방과 계산대 뒤에 꼭꼭 숨어서 조심스럽게 이쪽을 힐끔거리고 있는 주루 주인과 점소이들 쪽을 향해 조용한 어조로 주문했다.

"술잔 하나 가져오너라."

그 말에 갑자기 주방과 계산대 뒤에서 우당탕! 하는 요란한 소리가 터졌다. 놀란 주인과 점소이들이 한꺼번에 엉덩방아를 찧는 소리였다.

그들은 호선을 똑똑히 기억하고 있었다. 몇 시진 전에 호선은 잘생긴 소년고수 한 명과 이곳에 들어와서 나란히 앉아 술을 마시다가 살수 네 명을 순식간에 해치우고 유유히 사라진 적이 있었다.

그런 그녀가 다시 돌아와 한동안 혼자서 술을 마시는가 싶더니, 이제는 얼핏 보기에도 강호의 굉장한 신분인 듯한 노인들이 그녀 앞에서 설설 기며 좌불안석하고 있으니, 주인과 점소이들이 어찌 제정신이겠는가.

주인과 점소이들이 한동안 서로 미루느라 실랑이를 벌이고 나서야 잠시 후에 주인이 직접 거의 기다시피 벌벌 떨면서 다가와 술잔 하나를 호선의 탁자에 내려놓자마자 부리나케

달아나 버렸다.

호선은 정천기가 여전히 엉거주춤한 자세에 뜨악한 표정인 것을 보더니 훗! 하고 나직한 웃음을 흘려냈다.

"내 친구가 그러는데, 혼자 술을 마시면 삼 년 동안 재수가 없다고 그러더군."

정천기는 허리를 펴고 섰지만 여전히 망설이고 있었다. 호선의 속셈을 추호도 어림잡을 수가 없어서였다.

"될 수 있으면 너를 죽이지는 않을 생각이니까 이리 와서 앉아도 괜찮다."

호선이 술맛을 음미하면서 자비를 베풀 듯 가볍게 고개를 끄덕였다.

지금 정천기가 보고 있는 봉황옥선후는 과거에 그가 알고 있는 냉혹과 잔인무도로 대변되는 절대자 봉황옥선후의 모습이 결코 아니었다.

'변한 것인가? 아니면 술수인가?'

정천기는 정신을 차리려고 기를 쓰면서 속으로 중얼거렸다.

그러나 그는 곧 둘 다 부정했다. 옥선후가 변하다니 있을 수 없는 일이다.

더구나 천하의 옥선후가 하찮은 술수 따위를 부리다니, 그것은 더더욱 있을 수 없는 일이었다.

그렇다고 언제까지 이렇게 어정쩡한 모습으로 서 있을 수는 없는 노릇이었다.

정천기는 조심스럽게 호선의 맞은편 의자에 엉덩이를 붙이고 앉았다.

그렇지만 가시방석에 앉은 것 같았고[如坐針席], 허리까지 꼿꼿하게 폈으며 얼굴에는 극도의 긴장이 흐르고 있는 모습이었다.

두 사람의 거리는 넉 자가 채 되지 않았다. 손만 뻗으면 닿을 수 있는 거리다.

만약 옥선후가 살심을 품고 있다면, 자신은 이미 죽은 목숨이나 다름이 없다고 정천기는 생각했다.

때늦은 후회가 몰려왔다.

검황질풍검대의 대주와 부대주 두 명이라도 대동하고 들어올 것을, 일정한 거리를 유지했어야지, 앉으라 한다고 덜컥 앉다니, 무덤 속으로 스스로 기어들어 왔다는 등의 후회였다.

『일척도건곤』 5권에 계속…

고검추산

허담 新무협 판타지 소설
FANTASTIC ORIENTAL HEROES

두 사형제가 난세(亂世)를 헤치며 만들어 나가는
기이막측(奇異莫測)한 강호(江湖) 이야기!

천하가 사패(四覇)의 대립으로 혼란스러운 시기,
세상이 혼탁해지자 강호(江湖)에는 온갖 은원(恩怨)이 넘쳐난다.
그러자 금전을 받고 은원을 해결해주는 돈벌레[黃金蟲]가 나타난다.
그런데… 비천한 황금충(黃金蟲) 무리 가운데 천하팔대고수(天下八大高手)가
나타나니…

**천검(天劍) 능운백(陵雲白)!
천하팔대고수이자 강호제일 청부사의 이름이다.**

그리고… 그가 두 제자를 들이니, 고검(孤劍)과 추산(秋山)이 그들이었다.
훗날 강호제일의 해결사가 되어 무림을 진동시킬 이들이었다.

유행이 아닌 자유추구 -
WWW.chungeoram.com

BOOK Publishing CHUNGEORAM

질풍가

사우 新무협 판타지 소설
FANTASTIC ORIENTAL HEROES

이것은 바람처럼 질주하였던
한 사내의 이야기이다!

철혈의 무인은 아니었지만 호쾌함이 무엇인지를 아는 사내였고,
모든 이들이 그를 떠올릴 때면 미소를 머금었다.

이제 그의 이야기를 시작한다.

유행이 아닌 자유추구 -
www.chungeoram.com

BOOK Publishing CHUNGEORAM

천사혈성

장담 新무협 판타지 소설
FANTASTIC ORIENTAL HEROES

천왕 제일율(天王 第一律)!
강(强)한 자가 법(法)이다!

하늘을 죽일 운명을 타고난 자,
그가 천왕의 율법을 집행하기 위해 지옥에서 나왔다.

하늘이 죽으니 핏빛 별이 뜬다!

『고영』, 『진조여휘』, 『마법서생』 계속되는 작가 장담의
대작 행진.
이제는 『천사혈성(天死血星)』이다!

WWW.chungeoram.com

Book Publishing CHUNGEORAM

천재가문

청산 新무협 판타지 소설
FANTASTIC ORIENTAL HEROES

천재가문이 사라졌다!
그리고 90년이 흘렀다.

위지불급(尉遲不及), 세가(世家)의 직계 장손.
배움은 뒷전이고 게으름만 피워 10세에 겨우 노자(老子)와 장자(莊子)를 읽으니, 위지가문에 그런 둔재(鈍才)가 없다.
그러나 세상 사람들 눈에는 어째 천재로만 보이니…

사천성 대나무 숲의 한 가문 위지세가(尉遲世家).
천하에서 가장 지혜로운 사람들.
그러나 가문의 업보로 현판도 내걸지 못한 채 백 년을 살아야 했다.

과연 무엇이 그들 가문에 족쇄를 채운 것인가.

유행이 아닌 자유추구
www.chungeoram.com

Book Publishing CHUNGEORAM

BOOK Publishing CHUNGEORAM

fly me to the moon
플라이 미 투 더 문

새로운 느낌의 로맨스가 다가온다!

판타지의 대가 이수영 작가의 신작!
드디어 판매 카운트다운!

플라이 미 투 더 문 | 이수영 지음

판타지의 대가, 이수영. 그녀가 선보이는 첫 번째 사랑이야기.
사랑, 질투, 음모, 욕망……
상상한 것 이상의 절애(切愛), 그 잔혹한 사랑이 시작된다.

온전히, 그의 손에 떨어진 꽃. 잡았다.
짐승의 왕은 즐거웠다.

인간, 그리고 인간이 아닌 자.
절대로 이어질 수 없는 두 운명이 만났다!
사랑 혹은 숙명.
너일 수밖에 없는 愛.

1998년 〈귀환병 이야기〉
2000년 〈암흑 제국의 패러이드〉
2002년 〈쿠베린〉
2005년 〈사나운 새벽〉

그리고 2007년,
『FLY ME TO THE MOON』

유행이 아닌 자유추구 –
WWW.chungeoram.com
BOOK Publishing CHUNGEORAM

BOOK Publishing CHUNGEORAM

눈길발길 쏙쏙 끄는 **비법이 가득!**
왕성한 가게 만드는

잘나가는
가게 노하우
151 가지

고다 유조 지음
김진연 옮김
가격 9,800원

물건이 팔리지 않는 시대!
왕성한 가게 만드는 비법이 가득!

가게 안에 웅덩이를 만들어라
조명만 조금 바꿔도 매출이 팍 늘어난다
보기 쉽고, 집기 쉬운 가게 배치는 '경기장 형'이 최고 등등
가게에 실제로 적용했을 때 매출이 오른 노하우만 알차게 수록
외관, 입구, 배치, 내장, 조명, 디스플레이에서 사원교육까지

도움이 되는 '발견'이 가득가득.
당신 가게를 회생시키기 위한 소중한 책!

 유행이 아닌 자유추구 -
www.chungeoram.com

BOOK Publishing CHUNGEORAM

입소문을 통해 아는 분은 다 알고 계십니다!
올 한해 공인중개사 최고의 화제작!

1~2권 합본 | 이용훈 지음
3~4권 합본 | 이용훈 지음
5~6권 합본 | 이용훈 지음
용어해설 | 이용훈 지음

수험생 기본 필독서
만화 공인중개사

제목 : 만화공인중개사 쓰신 분에게 감사드립니다.

학원을 두 달 다녔어요. 근데 과연 그 숫자 외우기 그런 게 몇 문제나 나올까 생각을 했어요.
아니라는 생각이 드네요. 학원강의를 뒤로하고 서점을 갔어요. 내 머리에 가장 이해될 수 있는
책이 없나 하구요. 거기서 만화를 발견했어요. 무조건 세 번 봤어요. 3개월 걸렸어요. 문제집을 보라고
했는데 그건 시행을 못했어요. 근데 합격을 했네요.
어떻게 감사의 말을 해야 될지……
도서관에서 만화책 들고 다니니까 사람들이 비웃더라구요. 만화책으로 공인중개사를 공부한다고
미친 사람처럼 보더라구요. 근데 그거 다 감수하고 했던 내가 자랑스럽습니다.
어떻게 감사의 말을 해야 할지… 정말 감사합니다.
부디 행복하세요. 제 나이 41살에 좋은 스승을 만난 것 같습니다.
엎드려 감사드립니다.

-본사 홈페이지에 독자분이 올린 메일 中에서 발췌-

세상을 보는 또 하나의 창!
열린세상, 열린지식

INTB 인더북
www.INTHEBOOK.net

당당하게 글을 쓰는 사람, 멋있게 포장하는 사람,
감동적으로 읽어주는 사람이 있다면
언제든 어디든 인더북이 함께 하겠습니다.

2008년 봄 그들이 온다!!

권왕무적의 초우, 궁귀검신의 조돈형, 삼류무사의 김석진, 태극검해의
한성수, 프라우슈 폰 진의 김광수, 흑사자의 김운영, 송백의 백준 등

총 20여 명에 이르는 호화군단의 인더북 이북 연재 확정!!
그 외에도 많은 정상급 작가들의 이북 연재 런칭 예정!!

**포도밭 그 사나이, 새빨간 여우 등의 로맨스 정상급 작가
김랑의 작품을 이북 연재로 만나다!!**

오직 인더북에서만 독점 연재!!

아쉬움을 남기고 1부에서 막을 내린 **권왕무적 시리즈의 2부** 등 인기 작가들의 수준 높은
미공개 작품들이 시중에 책으로 출간되지 않고, 오직 인더북에서만 연재됩니다.

COMING SOON! INTHEBOOK.NET

1. 인더북의 이북 유료연재는 2008년 1월 말 ~ 2월 중순경 오픈
2. 인더북에 연재되는 작품들은 시중에 출판되지 않은 작품들로 엄선

*이북 유료연재의 새로운 도전! 그리고 새로운 시작! 인더북!!
곧 새로운 모습의 이북 연재 사이트로 여러분께 다가가겠습니다.*